KB041031

DREAMBOOKS

DREAMBOOKS

권인호 신무협 장편소설 ORIENTAL FANTASYSTORY & ADVENTURE

천하제일 쟁자수

2

dream
books
드림북스

천하제일 쟁자수 2

초판 1쇄 인쇄 2015년 3월 19일
초판 1쇄 발행 2015년 3월 26일

지은이 권인호
발행인 오영배
책임편집 편집부

펴낸곳 (주)삼양출판사 · 드림북스
주소 서울시 강북구 도봉로 173
대표 전화 02-980-2112 **팩스** 02-983-0660
출판등록 1999년 3월 11일 제9-00046호

ⓒ 권인호, 2015

ISBN 979-11-313-0248-4 (04810) / 979-11-313-0246-0 (세트)

드림북스는 (주)삼양출판사의 판타지 · 무협 문학 브랜드입니다.

권인호 신무협 장편소설

천하제일 쟁자수 ORIENTAL FANTASYSTORY & ADVENTURE

2

dream
books
드림북스

목차

천하제일 쟁자수

第一章

조짐이 좋은데?

　단전의 절반을 채우고 있는 무겁고 단단한 기운을 왼쪽 팔로 옮겼다. 그리고 지난번 도적의 칼을 막아 냈을 때를 떠올리며 팔을 보호한다는 느낌으로 기를 응집시켰다. 그러자 기를 응집시킨 부위가 칠흑빛으로 변했다.

　그 순간, 설란이 자신의 현철 단도로 루하의 팔을 내려쳤다.

　까앙―!

　"우와왁!"

　그 바람에 놀란 루하가 비명을 내지르며 엉덩방아를 찧었다.

"너, 너너너너! 지금 뭐 하는 짓이야!"

그야말로 식겁한 얼굴이었다.

아무런 언급도, 준비도 안 되어 있는 상황이었다.

그냥 지난번처럼 해 보라기에 별생각 없이 해 본 것뿐이었다.

그런데 난데없이 이 무슨 흉악무도한 짓이란 말인가!

"그냥 강도를 실험해 본 것뿐이야."

"뭐? 강도를 실험해? 고작 그딴 이유로 지금 내 팔을 자르려고 했다고? 야! 너 정말 미친 거야? 독을 퍼 먹으려 하질 않나 사람 생팔을 자르려고 하질 않나, 제대로 미치지 않고서야 어찌…… 아! 혹시 홍염장 후유증 아냐? 어쩐지 홍염장을 정통으로 맞고도 멀쩡하더라니, 그 화기가 전부 머리로 몰려서 진짜로 미쳐 버린 거야?"

"팔을 자르긴 무슨, 칼등으로 쳤거든?"

설란은 한심하다는 투로 그렇게 말하며 칼을 들어 보인다.

그러고 보니 단도가 반대로 잡혀 있다.

"그리고 기혈이 흔들려서 피를 조금 토하긴 했지만 홍염의 화기에 내장이 상한 것도 아니고. 애초에 홍염장이 아무리 지독하다고 해도 천잠보의(天蠶寶衣)를 뚫지는 못하니까."

"뭐? 천잠보의?"

천잠보의라고 하면 도검불침에 수화불침이라고 알려진, 가치를 매길 수 없을 만큼 진귀한 무가지보(無價之寶)였다.

"그럼 너 지금 천잠보의를 입고 있는 거야?"

"응. 천잠보의가 아니었다면 아무리 전력을 다한 홍염장이 아니었다고 해도 내가 지금 이렇게 멀쩡하진 못했겠지. 그렇다곤 해도 아직 몸이 완전히 정상은 아냐. 천잠보의가 화기는 걸러 줘도 내기마저 완전히 걸러 주진 못하니까 내상이 완치되려면 조금 더 치료를 해야 해."

가만 보면 설란은 엄청난 걸 참 별것 아닌 듯이 말하는 재주가 있다.

현철 단도로도 모자라서 천잠보의라니?

천풍채고 이우경이고 간에 그들이 노려야 했던 것은 표물이 아니라 설란이었다.

현철 단도에 천잠보의면 그날 운송했던 표물보다 족히 몇십 배는 더 돈이 되었을 테니까.

'은수저 몇 개 탐이 나서 눈앞의 황금 덩어리를 보지 못한 격인가?'

이래서 도둑질도 눈치가 있어야 한다는 걸 거다.

"아무튼……."

설란이 불쑥 루하의 왼쪽 손을 잡고는 소매를 걷었다. 그리고 방금 전 자신이 현철 단도로 내리친 부위를 살폈다. 그 부위는 어느새 칠흑빛에서 본래의 색으로 돌아와 있었다.

"칼등으로 쳤다고는 해도 흠 하나 없어. 통증은?"

"아무 느낌도?"

루하의 대답에 설란이 고개를 끄덕였다.

"순간적으로나마 네 몸이 네 검과 같은 재질로 변한 건 확실해. 칼등이 아니라 칼날로 쳐 보면 좀 더 정확히 파악할 수 있을 테지만……."

"됐거든? 다시 또 이런 짓 할 생각은 꿈에도 하지 마. 뭔가를 하려면 사전에 나한테 허락을 구하란 말이야, 허락을! 이건 심장이 떨려서 어디 너랑 같이 살겠냔 말이지. 이러다간 정말이지 내가 먼저 미쳐 버릴 것 같다니까! 요즘 나 무서워서 잠도 잘 못 자잖아. 네가 뭔 짓을 할지를 모르니."

"그거야 괜히 의심병이 도져서 그런 거지. 내가 독 쓰는 건 포기했다고 몇 번이나 말했는데도 네가 도통 믿질 않으니까……."

"지금 이런 짓을 하고 있는데 내가 널 어떻게 믿냐고!"

차라리 색주가를 제집 드나들 듯하는 천하한량의 '그냥 손만 잡고 잘게. 오빠 못 믿어?' 라는 말이 더 신용이 갈 정도다.

"알았어. 알았으니까 하던 거나 계속해. 아직 할 일이 많아. 일단 물이 금과 섞였을 때 상생의 법칙에 따라 물의 기운이 강해진다는 것은 알았어. 금의 정수가 검뿐만 아니라 네 몸을 변화시킨다는 것도 알았고. 그러니까 이제 토의 정수에 대해 좀 더 면밀하게 알아봐야 해. 전에 말한 것처럼 흙이 근본이고 바탕이라고 한다면 내 생각엔 살과 뼈, 피와 장기까지, 말 그대로 네 몸 자체가 토의 정수가 되어 버린 게 아닐까 싶어. 그걸 좀 더 깊이 파고들어 가 보면 그게 금과 어떻게 섞이는지, 검기는 또 왜 그렇게 들쭉날쭉이었던 건지도 알게 될 거야."

바쁘다 바빠.

표행을 마무리하고 돌아오는 중에도, 그리고 돌아와서도 틈 날 때마다 그를 붙잡고 이것저것 시켜 대는 설란이다.

그만큼 지난 전투에서 루하에게 많은 변화가 일어났다는 의미이기도 했지만, 금과 수, 거기에 토의 정수까지 일사천리로 지기가 깨어나자 설란의 마음도 덩달아서 부쩍 급해진 모양이었다.

하지만 정작 루하는 거기에 전혀 집중하지 못하고 있었다.

정신이 온통 다른 데에 팔려 있었다.

'왜 아직 아무 소식이 없는 거냔 말이지.'

표행을 마치고 산서로 돌아온 지 벌써 사흘이나 지났다.

그런데도 표국에선 일언반구 아무 말이 없다.

오는 동안은 그렇게도 귀빈 대접을 하기에 뭔가 대단한 대우라도 해 줄 줄 알았더니 어찌 된 것인지 그 후로는 통 감감무소식이다.

'내 활약상을 그새 잊어버리기라도 한 거야, 뭐야? 아니면, 쟁자수라고 또 무시하고 생까겠다는 거야?'

그럴 리 없다 생각하면서도 그동안 워낙에 당한 게 있다 보니까 자꾸만 못 미더운 생각이 든다.

물론 표국에서는 그의 활약상을 잊어버린 것도, 쟁자수라고 무시하는 것도 아니었다.

오히려 그 반대였다.

표국주 조철중과 총표두 곡운성은 그날의 대단했던 활약상과 그의 놀라운 실력에 과연 어디까지 얼마나 대우를 해 줘야 하느냐를 놓고 지금 이 시간까지도 심각하게 의견을 주고받고 있었다.

"지금 섬서에선 삼절표랑(三絶鏢郎)이란 이름을 모르는 사람이 없습니다. 그 이름만 내세워도 섬서의 녹림도는 우리 만수표국을 건드리지 못할 것입니다. 이는 곧 만수표국이 명실상부 이성표국으로 도약하게 된다는 의미입니다."

도검에도 베이지 않는 금강신의 몸이 일절이요, 검강의 경지에 이른 검이 이절이요, 이우경의 홍염을 압도했던 출신입화의 빙공지기가 삼절이라.

삼절표랑.

어느샌가 루하에게 붙여진 별호였다.

"섬서뿐만이 아닙니다. 이곳 산서는 물론이고 하남에까지 삼절표랑의 이름이 알려졌습니다. 대별산(大別山)과 천중산(天中山)의 녹림도들도 이젠 만수표국의 이름 정도는 알 터이니 나아가 삼성표국의 길도 열 수 있습니다. 그러니 반드시 그의 마음을 잡아야 합니다."

사실 삼성표국을 들먹이기에는 시기상조를 넘어 어불성설이었다.

산서에 이성 이상의 표국이 없는 데는 다 그만한 이유가 있었다.

산서성은 지형상 하북과 하남, 섬서성으로 둘러싸여 있는데, 그중 하북은 황궁을 끼고 있어 아예 녹림도의 접근이 불가했다. 아무리 조정이 부패해졌다고 해도 황궁이 지척인 곳에서 녹림도가 활개 치는 것을 두고 볼 리가 없기 때문이다.

그래서 '황궁과 무림은 서로 관여하지 않는다' 라는 암묵적인 묵계가 예전에는 보다 넓은 의미로 인식되었지만 작금에는 하북불소란(河北不騷亂), 즉, '하북에서는 어떠한 소란도 불허하고 하북 이외의 지역에서 일어나는 무림의 일에는 그 어떤 간섭도 하지 않는다' 라는 의미로 받아들여지고 있었다. 그건 녹림도 또한 마찬가지기에 하북에는 녹림도가 없었다. 그러니 표국의 등급을 정하는 데도 통상적으로 하북은 포함되지 않았다.

산서에 거점을 두고 있는 표국이 삼성표국이 되기 위해서는 결국 하남을 뚫어야 했다. 그러나 하남은 과거 아홉 왕조의 도읍이었던 구도(九都) 낙양과, 강남의 여러 도시와 수로로 연결된 천하요회(天下要會) 개봉이 있는 곳이었다. 뿐만 아니라 녹림도의 천국이라 할 수 있는 안휘성과 호북성을 양옆에 끼고 있었다.

그러니만큼 거기에 터를 잡고 있는 녹림도들은 산서나 섬서의 녹림도들과는 차원이 달랐다. 특히 천중산과 대별산은 안휘의 팔공산과 호북의 형문산 다음으로 위험한 곳으로 알려져 있었다.

다시 말해 이우경을 죽인 정도로는 명함조차 내밀 수가 없는 것이다.

총표두 곡운성의 말에 조금 과장이 있긴 했어도 루하를 잡아야 한다는 것만큼은 분명한 사실이었다. 국주 조철중의 생각도 크게 다르지 않았다.

문제는 과연 어느 정도 선에서 대우를 해 줘야 하는지 막막하다는 것이다.

"그래서 자네 생각은 어떤가? 대우를 어느 정도로 해 주어야 합당할 것 같은가?"

"글쎄요. 신분이라도 분명하면 그걸 기준으로 다른 표국과의 형평성을 맞출 수 있을 텐데, 사문도 없다 하고 사승도 없다고 하니……."

사실 루하는 사문을 묻는 말에 솔직히 대답한 거였다.

사문도 없고 사승도 없다. 그걸 그대로 말했는데 조철중과 곡운성은 루하가 신분을 숨기는 거라 생각하고 있었다.

강호에서 출신을 숨기고 신분을 감추는 거야 워낙에 비일비재한 일이었으니까.

애초에 홍염마수 이우경을 이긴 고수가 사문도 없고 사승도 없다는 것 자체가 상식적으로 말이 안 되는 일이었다.

어쨌거나 그 바람에 그들이 이렇듯 골치를 썩고 있는 것이다.

적게 주자니 마음을 얻지 못할 거 같고 그렇다고 출신도 모르는 자에게 표국이 가진 재량 이상을 안겨 주기에는 위험부담이 크다.

게다가 표국을 이끌어가는 입장에서 표사들의 사기도 생각해야 했다.

무림 문파들이 실력 이상으로 배분을 중히 여기는 것처럼 표국도 실력 못지않게 경력과 나이를 중시하는 곳이었다. 실력이야 충분히 검증이 되었다지만 바로 전까지 일개 쟁자수였던 자에게 그들이 납득 못 할 만큼의 대우를 해 주게 되면 불만이 생길 수밖에 없었다.

　"신분이 확실하다면 그거라도 명분을 삼으면 될 테지만 그것도 안 되고. 이거 참, 난감한 노릇이로군."

　"그렇다고 마냥 이대로 지체할 수는 없는 일입니다. 그게 오히려 그를 더 불쾌하게 만드는 것일 수도 있습니다."

　"그야 나도 아네만……."

　"차라리 그자의 의중을 먼저 한번 확인해 보는 게 어떻겠습니까?"

　"어떻게?"

　"알아보니 평소 그자와 가까이 지내는 쟁자수가 하나 있더군요. 그 쟁자수를 통하면 그가 어느 정도의 대우를 원하는지 그 속내를 대강이라도 알 수 있지 않겠습니까? 지난 이 년 동안 실력을 감추고 쟁자수로 지냈던 걸 생각하면 어쩌면 돈에 대해서는 그다지 욕심이 없는 자일 수도 있습니다."

　"돈이요? 당연히 많이 받으면 많이 받을수록 좋죠! 아니, 받아 낼 수 있는 만큼 최대한 많이 받아 내야죠. 제가 황금 보기를 돌같이 하는, 뭐 그런 고매한 인품과는 거리가 멀다는 거 아저씨도 잘 아시잖아요?"

루하의 대답에 양윤이 쓴웃음을 베어 물었다.

곡운성으로부터 루하를 한번 떠보라는 지시를 받았을 때만 해도 혹시나 하는 마음이 있었다.

지금까지 그가 알고 있던 그대로의 루하라면 이런 대답이 지극히 당연한 것일 테지만 과연 이 눈앞의 소녀가 그가 알고 있던 그대로의 루하인지 확신을 못 했다.

홍염마수 이우경을 단매에 죽인 삼절표랑은 그가 알고 있던 루하와는 전혀 다른 인물이었으니까. 표국에 떠도는 소문대로 루하가 정체를 숨긴 신비 고수라고 한다면 그동안의 모습도 거짓이었을지도 모르니까.

그런데 그건 아니었나 보다.

지금 루하의 모습은 어디를 어떻게 봐도 더없이 루하다웠다.

"근데 갑자기 여기까지 찾아오셔서 그런 건 왜 물으시는 거예요? 혹시 표국에서 무슨 말이라도 있었어요?"

양윤은 솔직하게 대답했다.

"총표두께서 정 소협의 의중이 어떤지 슬쩍 떠보라더군요."

"슬쩍 떠보란 것치고는 너무 대놓고 말씀하시는 거 아니에요?"

"우리야 서로 간에 속이 빤히 보이는 사이인데 제가 숨긴다고 숨겨지겠습니까?"

어쭙잖게 둘러대다간 오히려 기분만 상하게 할 수 있었다. 눈치 빠른 루하가 자칫 자신을 기만한다고 느끼기라도 한다면 그간 쌓아 온 루하와의 교분마저 위태로워질 수 있었다.

루하와의 관계를 위태롭게 하면서까지 표국을 위하고 싶진 않았다. 그건 단지 루하에 대한 순수한 우정 때문이 아니라 오랜 관리 생활로 자연스럽게 몸에 익은 처세이자 줄서기였다.

표국에서 그는 그저 일개 쟁자수일 뿐이지만 삼절표랑에게 있어서는 그래도 명색이 가장 가까운 지인이었다.

이 줄만 잘 잡아도 지금보다는 나은 삶이 보장될 것이다. 아직도 잘 믿기지는 않지만 현재 루하의 위상이라는 건 충분히 그만한 힘을 가지고 있었다.

"하긴, 양씨 아저씨 속이야 아저씨 눈빛만 봐도 빤하죠, 뭐. 근데 그 말투 좀 어떻게 안 되겠어요?"

"예?"

"정 소협이니 뭐니, 존대도 그렇고…… 낯간지러워서 못 듣고 있겠거든요?"

"그래도 이젠 서 있는 위치가 달라졌지 않습니까? 표사들조차 존대를 하는 터에 제가 어찌 그전처럼 함부로 하대를 하겠습니까? 어차피 곧 저와는 신분도 달라질 터인데……."

루하가 손을 휘휘 내저었다.

"표사들은 표사들이고 양씨 아저씨는 양씨 아저씨죠."

표사들이 태도를 바꾸고 자신에게 존대를 건네는 건 미냥 좋았다.

이전과는 달라진 자신의 위상을 고개 빳빳이 세우고 마음껏 즐겼다.

하지만 양윤에게는 그럴 수가 없었다.

"제가 불편해서 안 돼요. 손발이 다 오글거린다니까요. 이래서는 제가 아저씨를 편하게 못 봐요. 그러니까 아저씨는 그냥 예전처럼 대해 주세요."

루하의 말에 양윤이 조금 감동한 표정을 한다.

사실 루하에 대한 소문을 처음 들었을 때만 해도 놀람 이전에 서운한 마음이 먼저 들었었다. 그래도 나름 허물없는 사이라 여기고 있었는데, 그런 고강한 무공을 가지고 있으면서 그동안 자신을 감쪽같이 속여 왔다는 생각에 뒤통수라도 한 대 얻어맞은 기분이었다.

그 서운함은 지금까지도 남아 있었다. 루하에게 깍듯이 존대를 한 것도 사실 그런 서운함의 발로였다.

그러나 지금 이 순간 '표사들은 표사들이고 양씨 아저씨는 양씨 아저씨'라는 루하의 그 말 한마디에 그간의 서운함이 싹 풀렸다.

어떤 사정으로 그동안 그렇게도 철저히 무공을 숨겨 왔는지는 모르겠지만, 적어도 자신에게 보여 준 마음만큼은 진심이었음이 그 말 속에서 느껴진 것이다.

그래서 더는 사양하지 않았다.

"뭐, 자네가 정히 그러길 원한다면…… 그나저나, 정말 어디까지 생각을 하고 있는 겐가? 총표두님의 지시라서 나도 답은 가져가야 해서 말이네."

"저도 사실 제 몸값으로 어느 정도가 적정한지 감을 못 잡겠어요. 그러니까 먼저 제시하라고 해 주세요. 간 보는 건 딱 질색이니까. 어차피 몸값 책정하는 거야 그쪽 전문이잖아요."

"그럼 직위는?"

"직위요?"

"생각해 둔 것이 없나? 지금 자네의 위상이라면 표두 자리도 충분히 가능할 것 같은데……."

"흠……."

생각을 안 해 본 것은 아니었다.

그가 생각하기에도 자신이 원하기만 한다면 표두 자리 하나는 거뜬히 얻을 수 있을 것 같았다.

하지만 썩 내키지가 않았다.

표두란 자리는 무공만 강하다고 할 수 있는 자리가 아니었다.

표사들을 통솔할 수 있는 통솔력도 있어야 했고 표국의 진법에도 능통해야 했다. 그만큼 경험이 풍부해야 하는 것은 물론이고 막중한 책임과 노력이 수반되어야 가능한 자리였다.

'이 나이에 표사들을 통솔하기엔 좀 부담스럽단 말이지.'

그렇다고 일반 표사 자리도 싫었다.

한때는 표사가 되는 것이 꿈이자 삶의 목표였던 적도 있었다. 하지만 요 근래 표사란 것들에게 너무 실망을 하다 보니 그들과 동급으로 취급받는 것 자체가 괜히 불쾌했다.

"그냥 그것도 먼저 제시하라고 하세요. 일단 들어 보고 결정한다고."

그렇게 대강 마무리하고는 양윤을 돌려보냈다.

양윤이 나가자 침실 문이 열리고 설란이 빠끔히 고개를 내밀었다.

"갔어?"

"가긴 갔는데 꼭 그렇게 죄진 사람처럼 숨어 있어야 해?"

"그럼 어떡해? 갑자기 찾아오는 바람에 변장할 시간이 없었는데."

"거 좀 들키면 어때서?"

"이젠 너도 엄연히 무림의 신진고수고 유명인인데, 가뜩이나 말 많은 강호에 괜한 소문 나서 좋을 게 없잖아."

"왜? 혼삿길이라도 막힐까 봐?"

"혼삿길은 무슨. 그냥 의선가의 이름이 구설에 오르내리는 건 싫으니까. 근데 표사 일 계속할 거야?"

"표사 일을 한 적이 있어야 계속하든 말든 하지. 나 쟁자수였거든?"

"아무튼 표국에 계속 있을 거냐고."

"계속 안 있으면?"

"너 정도 실력이면 굳이 표국에 얽매이지 않아도 되잖아. 홍염마수를 이긴 삼절표랑이라고 하면 오라는 데야 널리고 널렸을 텐데. 하다못해 고관대작이나 어느 거부의 호위무사로만 들어가도 표국에서 버는 돈보다 훨씬 더 많이 벌걸?"

"됐거든? 말이 좋아 호위지 집 지키는 개가 따로 없는데

나더러 그 짓을 하라고? 사람 무시하고 거들먹거릴 줄만
아는 그런 역겹고 돼지 같은 인간들 비위나 맞춰 주면서?
돈이 아무리 좋아도 그건 싫네요. 난 표국 일이 좋아. 좀 고
단하긴 해도 크게 간섭 안 받고, 이젠 누구 비위 맞춰 줄 필
요도 없고. 쭉 해 오던 거라 익숙하기도 하고. 뭐 하러 피곤
하게 새 일을 찾아? 이제야 완전 내 세상이 온 건데?"

표국에서 연락이 온 것은 바로 그 이튿날이었다.

결정을 내렸는지 즉시 만나자는 것이었다.

하지만 루하는 사흘 후로 약속을 늦췄다.

"왜? 바쁜 일 없잖아?"

"부른다고 쪼르르 달려가면 사람이 좀 없어 보이잖아.
그리고 사람이란 게 좀 애가 닳아 봐야 더 절실해지는 법이
고. 나 이제는 좀 그래도 되는 급이잖아? 안 그래?"

*　　*　　*

"그렇게 입고 가게?"

설란의 말에 루하가 자신의 옷을 살폈다.

평상시와 별다를 것이 없는 차림이었다.

"왜? 뭐가 어때서?"

"너무 후줄근하잖아."

"……?"

"넌 지금 일개 쟁자수로 표국에 가는 게 아니잖아. 삼절
표랑으로 표국에 가는 거라고. 만수표국 안에서야 표국주
의 이름이 더 높지만 크게 무림 전체로 보면 삼절표랑의 이
름이 훨씬 더 크고 높아. 그럼 당연히 그에 걸맞은 차림을
갖춰야지. 옷이란 건 그 사람의 신분이고 인격이며 품위니
까. 네 말대로 이제 넌 그런 급이 된 거니까. 다른 일도 아
니고 삼절표랑이란 이름을 달고 가지는 첫 번째 공적인 자
리인데 이젠 네가 달라졌다는 걸 확실하게 보여 줘야지. 그
래야 널 무시하던 사람들도 그 전까지의 네가 아니라는 걸
분명하게 인식하고 널 지금의 지위와 명성에 걸맞게 대해
줄 거 아냐?"

역시 높은 곳에서 좋은 공기 마시며 살아온 사람의 생각
은 뭐가 달라도 다르다.

루하로서는 전혀 생각지 못했던 부분을 정확하게 꼬집어
준다.

설란의 말에 루하가 곤란한 표정을 했다.

"근데 뭐 이젠 어차피 늦었잖아? 새로 옷을 맞출 시간이
안 되는걸."

"자. 이거 입어."

곤란해하는 루하에게 설란이 비단천으로 싼 보자기 하나

를 건넸다.

"……?"

"내가 너 이럴 줄 알고 미리 준비해 뒀어."

그러며 보자기를 펼쳐 보이자 그 안에는 화려하면서도 깔끔하고 상당히 고급스러워 보이는 자주색 비단 장포에 국화문양의 금빛 자수가 들어간 푸른 색 외투, 은빛 요대에 멋스러운 영웅건까지 옷 한 벌이 완벽하게 구비되어 있었다.

"이거 보영재(步瀛齋) 거 아냐?"

"맞아. 거기서 사 왔어."

보영재라면 산서 제일의 포목점이었다.

워낙에 품질 좋고 솜씨 좋기로 유명한 곳이라 산서뿐만 아니라 황실의 친인척들까지 자주 그곳에서 옷을 구입할 정도라고 들었다.

"이걸 언제 다 준비한 거야?"

"왜? 쫌 감동했어?"

"아니! 완전 감동했어!"

어찌나 감동을 했는지 와락 달려들어 어깨가 으스러지도록 껴안아 주고 싶을 정도였다.

아닌 게 아니라, 원래가 예쁜 얼굴이지만 오늘 따라 유난히 더 예쁘고 사랑스러워 보였다. 이런 걸 보면 남녀노소

이유여하를 불문하고 선물이란 사람을 참 기분 좋게 만드는 것인가 보다. 거기다 비싸고 정성까지 들어간 선물이라면야 더 말해 뭣하랴.

"고작 옷 한 벌로 뭘 또 그렇게 완전 감동까지 하고 그래?"

고작 옷 한 벌이 아니었다.

루하에겐 평생 처음 받아보는 선물이었다.

부모님이 살아 계실 때는 입에 풀칠하기도 힘들었고, 부모님이 돌아가시고 혼자가 되고 나서는 오히려 사정은 좀 나아졌지만 선물을 주고받을 만큼 한가하지 않았다. 마땅히 그럴 만한 사람도 없었고 그럴 만한 사람을 만들 여유도 없었다. 그래서 명절 때도 그 흔한 전병 한 번 먹어 본 적이 없는 그였다.

그래서인지 설란이 그를 위해 보영재까지 그 먼 길을 다녀왔다고 생각하니 심장 언저리가 뭉클해 오기까지 한다.

"어? 우는 거야? 겨우 이 정도에 감동받고 울기까지 하는 거야?"

"울긴 누가 울어!"

"눈가가 촉촉한데 뭘?"

"아니거든? 나 아무 때나 막 질질 짜고 그러는 사람 아니거든? 그냥 밤에 잠을 잘 못 자서 눈이 좀 충혈된 것뿐이거든?"

"알았어. 알았으니까 얼른 옷이나 갈아입어. 약속시간 다 됐잖아?"

설란의 재촉에 루하는 그 즉시 새 옷으로 갈아입었다.

그렇게 꽃단장을 하고 나니 설란이 감탄을 터트린다.

"와! 옷이 날개네, 날개야. 이렇게 빼입으니까 아주 그냥 인물이 사네, 인물이 살아. 완전 다른 사람 같잖아?"

"옷 때문에 인물이 사는 게 아니라 원래부터 본바탕이 좋은 거지!"

말은 시큰둥하게 했지만 동경에 비친 자신의 모습이 상당히 흡족한 루하다.

귀공자가 따로 없었다.

빛이 났다.

그렇잖아도 환골탈태 이후 얼굴에서 광채가 났는데 옷까지 받쳐 주니 어딘지 신비로움마저 느껴졌다.

'이 정도면 소주의 황학루에 가도 퇴짜 맞을 일은 없겠는데?'

소주의 황학루라 하면 어지간한 자들은 억만금을 싸들고 가도 문턱조차 넘을 수 없다는 대륙 최고의 홍루였다.

뭇 한량들의 꿈이자 한숨이고 희망이자 탄식인 곳.

지금의 모습이라면 정말이지 황학루의 문턱도 거뜬히 넘

을 수 있을 것 같았다.

옷이 그 사람의 신분이고 인격이며 품위라던 설란의 말이 새삼 가슴에 와 닿는다.

자신감이 부쩍 커졌다.

그렇게 집을 나서니 왠지 세상이 온통 자신을 중심으로 돌아가는 것 같았다.

아닌 게 아니라, 지나던 사람들이 슬쩍슬쩍 그를 힐끔거리는가 하면 평소 안면이 있던 상인들조차 휘둥그레진 눈을 깜빡여 댄다. 뭇 여인네들의 시선은 특히나 더 뜨거웠다.

그 같은 시선들 속에서 터덜터덜 걷고 있자니 좀 아쉬운 감이 있다.

'여기에 명마 한 필 딱 있으면 그야말로 그림이 되는 건데…… 그냥 이참에 눈 딱 감고 괜찮은 놈으로다가 하나 구입해? 이젠 뭐 그 정도 여유야 충분히 되잖아?'

루하는 이내 고개를 저었다.

"아니지. 아냐. 아직 아무것도 결론 난 게 없는데, 돈 쓸 생각부터 하는 건 너무 앞서 가는 거지."

설레발이란 대체로 재수가 없는 법이다.

'중요한 일을 앞두고는 몸가짐 마음가짐 뭐든 조심하는 게 상책이지.'

그렇게 들뜨는 마음을 추스르고 걸음을 빨리하다 보니 어느새 표국 앞이다.

만수표국(滿樹鏢局).

표행을 다녀온 후로 표국에 들르는 건 처음이었다.

늘 보던 건물이고 늘 보던 현판인데 오늘따라 왠지 새롭기도 하고 낯설기도 하다.

아니, 새로워지고 낯설어진 건 건물도 현판도 아닌, 일개 쟁자수에서 삼절표랑이 된 루하 자신일 것이다.

기분 좋은 설렘이 있다.

기분 좋은 기대가 있고 또 기분 좋은 두근거림이 있다.

루하는 한 차례 숨을 길게 들이키고는 이내 만수표국 안으로 걸음을 옮겼다.

그렇게 들어선 표국 안은 아침부터 분주했다.

수십 명의 쟁자수들이 저마다 크고 무거운 짐 꾸러미를 어깨며 등이며 짊어지고는 바쁘게 오가고 있었다.

'새로운 표행 의뢰라도 들어온 건가?'

벽악채에 표물을 강탈당한 이후로 근 두 달 동안이나 표행 의뢰가 끊겼는데, 이번엔 서안에 다녀온 지 불과 열흘도 되지 않았는데 벌써 새로운 의뢰가 들어온 걸 보면 많은 위험을 감수하며 감행한 이번 표행이 확실히 효과가 있긴 있었나 보다.

'규모도 꽤 큰 것 같은데?'

총관 엄탁이 직접 하역 작업을 관리하고 있었다. 그건 곧 표물의 가치가 최소 오천 냥 이상이라는 뜻이었다.

이젠 정말 표국이 살아나긴 살아난 모양이다.

그래서인지 흔히 보던 광경이 오늘 따라 유난히 더 활기가 넘쳐 보인다. 그리고 그 조금은 새로운 일상의 모습이 새삼 달라진 자신의 위치를 깨닫게 한다.

이전이라면 그도 쟁자수들 속에서 저렇게 짐을 나르고 있었을 것이다. 그런데 지금은 하역 작업이 있다는 소식조차 듣지 못했다.

그게 참 기분을 묘하게 했다.

익숙함에 대한 동경일까? 아니면 정말로 그동안 쟁자수 일을 좋아했던 것일까?

보고 있자니 즐거운 한편으로 왠지 마음 한구석이 허전해 왔다.

그때 마침 총관 엄탁이 그를 발견하고는 움찔 놀라는 기색을 했다.

엄탁만이 아니라 쟁자수들도 하나둘 일손을 멈췄고 담장 아래에 기대어 빈둥대고 있던 표사 몇도 루하를 보고 있었다.

역시 이전과는 다른 시선들이다.

루하의 복색이 달라진 만큼이나 그들의 눈빛도 달라져 있었다.

문득 예전 광랑채의 습격을 받았던 표행이 끝나고 두둑한 포상금을 기대하며 표사가 될 수도 있다는 부푼 꿈을 안고 표국에 들어섰던 때가 생각났다.

예전이라고 해 봐야 불과 다섯 달도 채 되지 않았지만, 아무튼 그때도 지금처럼 표국 사람들의 관심을 한 몸에 받았다.

물론 그때와도 다른 눈빛이다.

표사들의 조롱도, 표사는 표사고 쟁자수는 쟁자수라고 말하던 엄탁의 멸시도, 동료 쟁자수들의 시기와 질투도 없다. 지금 그를 향하고 있는 표국 사람들의 눈빛에 담긴 것은 그저 순수한 경외와 동경, 선망과 호기심이다. 쟁자수들조차 이제 더는 루하를 그들과 같은 부류로 생각하고 있지 않은 것이다.

'그래. 이게 바로 나지!'

달라진 사람들의 시선에 짜릿한 전율이 머리끝에서 시작해 발끝까지 타고 흘러내려 간다.

그래. 이게 바로 나다!

모든 이들의 존경과 흠모를 받는, 존망의 위기로부터 표국을 구해 낸 영웅!

'그러니까 이제 앞으로는 알아서들 기란 말이지!'

루하는 어깨를 쫙 폈다.

고개를 빳빳이 세웠다.

그리고 사람들의 시선 따위 전혀 신경 쓰지 않는 양, 마치 마실이라도 나온 양 여유롭게, 그러면서도 최대한 있어 보이게 보무도 당당히 멈췄던 걸음을 내디뎠다.

새삼 설란에게 고마웠다.

'그대로 후줄근하게 입고 왔으면 좀 창피할 뻔했네.'

그 고급스럽고 화려한 옷차림이 자신감 넘치는 걸음새와 어우러지니 스스로가 생각해도 이거 꽤나 멋지다.

하물며 경외와 선망으로 그를 보고 있는 저들의 눈에야 오죽하겠는가.

'눈이 부시겠지. 아주 후광이 비칠 거야. 그동안 내가 안 꾸며서 그렇지 원래 나란 남자, 후광이 비치는 남자니까.'

어쨌거나 그렇게 한껏 제멋에 취해서 걷다 보니 어느덧 표국주 조철중의 집무실 앞이었다. 집무실 앞에는 총표두 곡운성이 그를 기다리고 있었다.

"오셨는가? 그렇잖아도 국주님께서 벌써 기다리고 계시네."

곡운성의 정중한 태도에 루하가 순간 움찔했다.

하늘처럼 높았던 곡운성이 직접 그를 마중까지 나와 기다리는 이 상황이 아직은 낯설었다. 하지만 내색은 하지 않았다.

이제 곡운성은 그에게 하늘처럼 높고 큰 사람이 아니었으니까.

지금의 명성과 실력을 생각하면 곡운성의 이러한 태도는 지극히 당연한 것이니까.

'당연한 것을 당연하게 누리지 못하면 얕보일 뿐이지.'

무엇보다 이제부터 그가 상대해야 하는 자는 곡운성보다 높고 큰 사람이었다.

만수표국에서 일한 이 년 동안 이번 표행을 제외하고는 얼굴 본 것이 채 다섯 번도 되지 않는, 쟁자수들에겐 그야말로 부처님처럼 높고 염라대왕처럼 무서운 표국주 조철중이 바로 저 문 너머에 있었다.

"국주님. 정 소협이 도착했습니다."

명확히 직책이 정해진 상황이 아니라서인지 곡운성은 루하를 그렇게 불렀다.

곧이어 조철중의 반가운 목소리가 들려오고, 곡운성이 집무실 문을 열었다.

"어서 들게나."

그런 곡운성을 보며 루하가 짐짓 여유롭게 웃어 보이고

는 걸음을 내디뎠다.

처음으로 보게 된 표국주의 집무실은 총관 엄탁의 집무실에 비해 몇 배나 더 크고 넓었다. 값비싸 보이는 그림과 도자기들로 고풍스럽게 꾸며져 있었고, 표국의 모든 대소사를 결정하는 만수표국의 심장답게 고급스러운 목재로 만들어진 크고 긴 타원형의 원탁도 있었다.

루하가 집무실 안으로 들어서자 원탁의 상석에 앉아 있던 조철중이 급히 일어나서 반갑게 그를 맞았다.

"어서 오시게, 정 소협. 그래, 그간 잘 지내셨는가?"

"예, 뭐…….”

어색한 티를 내지 않으려 했지만 역시 아직은 적응이 잘 안 된다.

아니, 이 년 동안 몸에 익어 버린 조철중에 대한 막연한 두려움에 저도 모르게 주눅이 들어 버리고 만다.

하지만 이내 다시금 마음을 단단히 하고는 정중히 포권을 취했다.

"좀 더 일찍 찾아뵈었어야 했는데, 바쁘신데 괜히 저 때문에 방해가 되시는 거나 아닌지 모르겠네요. 아까 오다 보니까 벌써 새 표행도 잡힌 것 같던데…… 표국이 이젠 정말 안정을 찾아가는 것 같은데요?"

"이게 다 자네 덕분이지. 자네가 아니었으면 어찌 무사히 이번 표행을 마쳤겠는가? 이렇게 빨리 표국의 신용을 회복할 수 있었던 것도 다 자네의 명성 덕분이고. 자네가 우리 표국을 살린 것이네."

일부러 이 사실을 상기시키고자 꺼낸 말이었고 조철중으로부터 듣고 싶었던 그대로의 대답이 돌아왔다.

'조짐이 좋은데?'

조철중이 자신의 공을 가감 없이 인정한다는 것은 적어도 얕잡아서 가당찮은 대우를 하지는 않을 기리는 뜻이었다.

第二章

평생의 벗이 되어도 좋지 아니한가!

"한데, 예 소저, 아니, 예 소협은 어찌하고 혼자 오셨는
가?"

예 소협이란 설란을 말함이었다.

더 이상 쟁자수인 척은 할 수가 없게 되어 간단히 예가라
고만 밝힌 것이었다. 그렇긴 해도 그날의 활약으로 인해 표
운검(懹雲劒)이란 별호까지 얻었을 만큼 그녀 역시도 꽤나
주목을 받고 있었다.

'그래 봤자 의선가의 장녀라는 신분에 비하면야 하잘것
없는 것이겠지만…….'

예 소저라 말하려다 황급히 예 소협으로 호칭을 바꾸는

것을 보니 역시 조철중도 그녀의 변장을 벌써 눈치채고 있었던 것 같다.

"그 녀석은 사정이 있어서 잠시 저랑 같이 있는 것뿐이라서요. 여기서 계속 표국 일을 할 건 아니에요. 그래도 당분간은 저하고 같이 움직여야 하니까 표행을 갈 일이 있게 되면 표행비나 적당히 챙겨 주심 돼요."

"그런가? 그거 참 아쉽구만."

조철중은 정말로 아쉽다는 듯 입맛을 다셨다.

설란의 검술만 해도 만수표국에선 그 적수를 찾기가 어려울 정도니 조철중의 입장에서야 탐을 내는 것은 당연했다.

물론 지금은 설란에 대한 아쉬움으로 입맛이나 다시고 있을 때가 아니었다.

조철중은 어차피 길게 끌 일이 아니라 판단하고는 미리 준비해 둔 목함을 루하 앞에 내밀었다.

"이게 뭡니까?"

"계약금이네."

순간 루하가 흠칫했다.

그동안 그는 살면서 계약금이란 걸 받아 본 적이 없었다.

표국과 표사 간에는 더러 계약금을 주고받는 경우가 있다는 것은 들어 알고 있었지만, 줄곧 만수표국에서 일해 왔던 처지라 조철중이 따로 계약금까지 준비했을 거라고는 미처 생각지 못하고 있었다.

얼떨떨한 중에도 기분은 좋았다. 조금 흥분이 되기도 했다.

무엇보다 목함이 제법 컸다. 내려놓을 때의 소리로 보니 꽤나 묵직해 보이기도 했다.

"얼만데요?"

루하가 기대를 숨기지 못하고 물었다

"은자 삼백 냥이네."

"네?"

조철중의 대답에 루하가 눈을 휘둥그레 떴다.

"은자 삼백 냥이라고요?"

루하가 올 한 해 동안 쟁자수로 번 돈이 스무 냥 정도였다. 그리고 일 년에 쓴 돈이 채 스무 냥이 되지 않았다. 그것도 작년에 비해 많이 번 셈이었고, 군식구에 철검까지 사느라 많이 쓴 셈이었다. 그 스무 냥도 되지 않는 돈으로도 크게 부족함 없이 일 년을 살았으니 삼백 냥이면 무려 십오 년을 놀고먹어도 되는, 그대로 쟁자수로 살았다면 평생 동안 만져 보지도 못했을 거금이었다.

"향후 칠 년간 우리 표국에서 일해 주시는 조건이네. 물론 그 후에는 새로 계약을 해야 되겠지."

통상적인 계약이 십 년 이상으로 이루어지는 것을 생각하면, 칠 년은 기간도 짧은 편이었다. 칠 년 후에는 경험과 실력이 그만큼 늘게 될 테고, 그러니 더 좋은 조건으로 계약할 수 있는 거야 당연했다. 루하에게는 상당히 유리한 조건이었다.

"그리고 직함은 수석 표두일세. 직함은 수석 표두지만 경험이 쌓일 때까지는 표행에 참여하는 것 외에 다른 표국 일은 맡기지 않을 테니 부담스러워할 필요는 없네. 기본급은 한 달에 열 냥, 표행에 나가게 되면 그때마다 서른 냥이 추가로 지급될 것이네. 물론 거리나 위험도에 따라서 표행비가 추가 지급되는 경우도 있을 것이고."

조철중의 이어진 말에 루하는 슬쩍 총표두 곡운성을 보았다.

지금 조철중이 말하고 있는 조건은 곡운성이 받고 있는 대우와 정확히 일치하고 있었다. 직함이야 곡운성의 아래지만 대우는 곡운성과 동급의 대우를 약속하고 있는 것이다.

이 또한 전혀 예상치 못한 것이었다.

아무리 실력이야 곡운성보다 위라지만 표두와 표사들의 사기도 고려해야 하는 입장에서 아무런 경력도 없는 그에게 총표두급의 대우를 해 줄 거라고는 상상도 못 했다. 기껏해야 표두급이나 표두들보다 조금 나은 정도면 섭섭하지 않겠다 생각하고 있었다.

루하는 빠르게 머리를 굴렸다.

표두와 표사들은 보통 일 년에 많으면 여덟 번 정도 표행에 나가지만 총표두가 표행에 참가하는 경우는 기껏해야 다섯 번이 채 되지 않는다.

총표두급의 대우를 해 준다는 건 결국 그도 그 정도의 표행을 나가게 될 거라는 뜻이다.

'다섯 번을 나간다고 계산하면 일 년이면 백오십 냥, 거기에 기본 급료가 한 달에 열 냥씩이니까 일 년이면 백이십 냥…… 도합 은자 이백칠십 냥?'

이거 계산을 하고 보니 '헉!' 소리가 절로 난다.

계약금만 해도 심장이 벌렁거리는데 거의 계약금에 버금가는 돈을 매년 벌 수가 있는 것이다.

게다가 그걸로 끝이 아니었다.

조철중이 이번엔 꽤 묵직해 보이는 금낭 두 개를 루하 앞으로 내밀었다.

"그리고 이건 이번 표행의 표행비와 포상금이네. 오십 냥은 자네 몫이고 삼십 냥은 예 소협의 몫으로 준비를 했네."

어디까지나 그들은 쟁자수로 표행에 참여를 한 것인데도

루하의 몫은 곡운성과 같은 액수였고 설란의 몫은 고참 표두급의 액수였다.

조철중이 '어떠냐? 이 정도면 충분히 성의 표시를 한 것이 아니냐?' 라는 눈빛으로 루하를 보고 있었다.

확실히 이 정도면 기대 이상이다.

액수도 액수지만 계약금에 더불어서 표행비와 포상금까지 살뜰히 챙겨 주는 그 마음 씀씀이가 자신에 대한 진심과 정성을 느끼게 했다. 거기다 경험이 쌓일 때까지는 다른 표국의 일은 맡기지 않을 거라는 것에서도 자신에 대한 세심한 배려가 느껴졌다.

이곳에 들어서기 전까지만 해도 혹시라도 나이가 어리다는 이유로 또 얕잡아보고 가당찮게 굴지나 않을지 경계를 했는데 괜한 기우였다.

이 정도면 만수표국의 입장에서는 정말 해 줄 수 있는 만큼 해 주는 거였다. 그만큼 조철중의 표정은 당당하고 자신감이 넘쳤다.

그러나 눈앞의 목함과 금낭을 보며 어딘지 갈등의 눈빛을 던지던 루하가 두 개의 금낭을 품에 챙기고는 슬그머니 목함을 밀어낸다.

"계약은 일단 좀 더 생각을 해 볼게요."

루하의 이 같은 반응을 전혀 예상 못 했던 조철중과 곡운성이 어리둥절해 한다. 그러다 다급히 물었다.

"혹시 조건이 성에 차지 않는 것인가?"

"아뇨. 그건 아니구요. 다만 칠 년을 표국에 묶이는 건데 좀 더 신중히 생각해 볼 필요가 있을 것 같아서요."

조건이야 당연히 마음에 들었다. 이보다 더 좋을 수가 없을 정도로 흡족했다. 그래서 마음 같아서는 당장에라도 저 목함을 품에 안고 싶었다. 하지만 어제 설란으로부터 들어 둔 말이 있었다.

'내일은 그냥 표국에서 제시하는 조건만 듣고 와. 절대로 그 자리에서 덥석 승낙하지 말고.'

'왜?'

'원래 첫 번째부터 최고를 제시하는 협상은 없으니까. 우리 의선가만 해도 약초꾼이 귀한 약초를 가져오면 그게 삼십 년을 거래해 온 일족이나 다름없는 약초꾼이라 해도 첫 제시는 칠 할에서 시작하니까. 돈이 아까워서가 아니라 처음부터 제값을 제시하면 다음 협상에서 약초가 가진 가치 이상의 값을 치러야 하는 경우가 생기기 때문이야. 최악의 경우엔 좋은 약초를 포기해야 하는 사태가 벌어지기도 하고. 하물며 재정이 빠듯한 표국이라면 말해 뭐하겠어? 네가 느끼기에 그게 정말 최고의 대우인 것 같아도 표국주의 의중에는 분명 그 이상의 조건도 준비되어 있을 거야.'

조철중이 제시한 조건은 정말 흡족했다.

하지만 한 번 퉁기는 걸로 더 좋은 대우를 받을 수 있다는데 굳이 마다할 이유가 없지 않은가? 더구나 지난날 쟁자수로서 겪었던 불쾌한 기억으로 인해 만수표국에는 한 푼의 의리도 남아 있지 않았다.

'내가 원래 뒤끝 좀 작렬하는 인간이니까. 뭐 그게 아니더라도 막말로 나한테 그만한 가치가 있으니까 이런 대우도 해 주는 거지, 내가 어딜 다쳐서 불구가 되거나 무공을 잃거나 해 봐. 아예 거들떠도 안 보고 내쳐 버릴걸?'

결국 그와 만수표국과의 관계는 지극히 이해득실적인 관계일 뿐이다.

거기에 의리니 정이니 넣어 봐야 바보 취급만 당할 뿐이다.

루하는 지체 않고 자리에서 몸을 일으켰다. 그리고 이왕 이해득실로 맺어진 관계라면 보다 철저하게 하는 편이 낫다는 생각으로 슬쩍 한마디를 던졌다.

"신중히 생각을 해 보고 연락드릴게요. 일단 봉천표국(鳳天鏢局)의 말도 한번 들어는 봐야 할 것 같고."

순간 조철중의 얼굴이 딱딱하게 굳었다.

그도 그럴 것이 봉천표국은 산서 이십여 개의 표국 중에서도 만수표국과는 가장 가까이에 위치해 있었고, 규모나 역사도 거의 비슷해서 만수표국과는 늘 경쟁 관계에 있는 표국이었다. 그리고 지난날 임오연에게 매를 맞아 그만둔 쟁자수 곽충의 새로운 일자리이기도 했다.

그렇잖아도 전날 곽충이 집으로 찾아왔었다.

봉천표국의 표국주가 한번 만나기를 청한다는 것이었다.

이유야 뻔했다.

지난번 벽악채의 일로 만수표국이 문을 닫을 위기에 처하자 가장 이득을 본 것이 봉천표국이었고, 이번 표행의 성공으로 가장 크게 손해를 보게 된 것도 봉천표국이었다. 만수표국이 표행의 성공에 더불어서 삼절표랑이라는 날개까지 달게 되자 그들로서는 발등에 불이 떨어진 것이다.

하지만 그는 거기에 응할 생각이 전혀 없었다.

곽충에게야 '지금은 시간을 내기가 어렵고, 나중에 좀 정리가 되면 따로 연락을 드린다고 전해 주세요' 정도로 여지를 남겨 뒀지만 아마도 그럴 일은 없을 것이다.

조철중에 비해 봉천표국의 표국주 길군평(吉君平)은 다혈질에다 인품도 경박해서 아랫사람들이 꽤나 피곤해한다는 소문을 들어 알고 있었기 때문이다.

'돈 씀씀이야 시원시원하다지만⋯⋯.'

그래서 그 피곤한 성격에도 불구하고 표사들이 봉천표국에 붙어 있는 것일 테지만 몇 푼 더 받고자 그런 피곤한 성격을 상대하고픈 생각은 추호도 없었다.

그러나 그런 자세한 속마음까지 조철중에게 말할 필요야
없다.

"그래도 뭐, 너무 신경 쓰지 않으셔도 돼요. 그간의 정리
라는 게 있는데 제가 여기 말고 어딜 가겠어요? 국주님의
마음도 충분히 보았고. 어지간하면 여기에 뿌리를 내려야
죠."

일부러 '어지간하면'에 힘을 주어 말했다.

'하면 어지간하지 않으면 봉천표국으로 갈 수도 있다는
말이 아닌가?'

정확히 루하가 의도한 대로 생각을 하는 모양인지 조철
중의 얼굴은 이젠 아예 사색이 되어 있었다.

이제 발등에 불이 떨어진 것은 조철중이다.

그런 조철중의 모습이 좀 딱해 보이긴 했지만 냉정히 몸
을 돌렸다. 그러자 조철중이 다급히 그를 불렀다.

"저기 말이네. 정 소협."

"예?"

"혹시 봉천표국에서 무슨 언질이 있다면 말이네, 결정을
내리기에 앞서 내게도 먼저 말을 해 주시겠는가?"

봉천표국에서 제시하는 조건이 어지간하지 않은 수준이
라면 이쪽에서라도 어지간하게 조건을 맞추는 수밖에 없

다. 다른 곳도 아닌 봉천표국에 루하를 뺏기게 되면 그간 품었던 꿈과 희망이 모조리 물거품이 될 수도 있는 것이다.

그 같은 사정을 훤히 꿰고 있는 루하가 낚시에 걸려 파닥거리는 조철중을 보며 기분 좋게 씨익 하고 웃어 주었다.

"예. 뭐, 그러죠."

"꼭 좀 그리해 주시게."

신신당부를 한다.

장담하는데 길어야 사흘이다.

자신이 먼저 말을 해 주고 말고 할 것도 없이, 그에게서 아무 말이 없으면 사흘 안에 차선이 아니라 최선을 가지고 부랴부랴 자신의 집으로 찾아올 것이다. 아니, 어쩌면 최선보다도 더한 것을 가지고 올지도 모르겠다.

그만큼 지금 조철중의 얼굴은 절박해 보였다.

'그 계집애한테 칭찬 좀 들으려나? 하나를 가르치면 열을 깨우친다고. 흐흐흐.'

뿌듯했다.

스스로가 생각해도 꽤 멋지게 일차 협상을 마무리했다.

오늘의 활약상을 어서 빨리 설란에게 자랑해야겠다는 마음에 집무실을 나서는 발걸음이 이보다 더 가벼울 수가 없었다.

물론 그의 발걸음이 가벼워진 만큼 그런 그의 등을 바라

보고 있는 조철중의 마음은 그보다 더 무거울 수가 없었다.

"어떻게 될 것 같은가?"

루하가 나간 집무실 안에서 긴 침묵 끝에 조철중이 곡운성에게 물었다.

"과연 우리와 계약을 할 것 같은가?"

"글쎄요……."

흐리는 말끝의 의미는 그다지 긍정적인 것이 아니었다.

가뜩이나 근심에 찬 조철중의 얼굴이 더 한층 어두워졌다.

"하면 봉천표국에선 얼마나 제시할 것 같은가?"

"얼마를 제시할지는 모르겠습니다만, 적어도 우리가 제시한 조건보다는 좋은 조건을 내걸지 않겠습니까?"

"끄응……."

굳이 확인할 필요가 없는 질문이었다.

만일 자신이 봉천표국의 표국주라고 해도 더 나은 조건을 제시했을 것이다. 더구나 자신과는 달리 봉천표국의 표국주 길군평은 씀씀이도 큰 데다 표국 내의 반발 같은 건 애초에 신경도 안 쓰는 인물이었다. 얼마를 더 제시할지 짐작도 되지 않았다.

"차라리 처음부터 거절 못 할 조건을 제시했어야 했는

데…… 아니, 그냥 지금이라도 찾아가서 무리를 해서라도 좀 더 나은 조건을 제시하면……."

하지만 이내 고개를 저었다.

자칫 서툴게 움직였다가는 봉천표국과의 경쟁에 부채질을 하는 꼴이 될 수도 있었다. 그리되면 종국에는 표국의 기둥뿌리까지 뽑아서 가져다 바쳐야 하는 최악의 사태가 발생할지도 몰랐다.

"끄음……."

나오는 건 앓는 소리밖에 없다.

괜히 원망의 화살이 엄한 데로 향하기도 한다.

"대체 엄 총관은 일을 어떻게 하고 있었던 거야? 저런 고수가 이 년 동안이나 쟁자수로 일하고 있는 동안 어찌 그리도 까마득히 모르고 있을 수가 있어? 조금만 일찍 알았더라면 이미 우리 사람으로 만들었을 것 아닌가? 그럼 이 고생도 할 필요가 없는 것이고. 듣자 하니 지난번 광랑채와의 일전이 벌어졌을 때 진법에까지 참여했다던데, 보는 눈이 없어도 어찌 그리 보는 눈이 없을 수가 있는 건지…… 밥이나 축내라고 그 자리에 앉혀 둔 게 아니지 않나 이 말이야."

졸지에 밥버러지가 되어 버린 총관 엄탁이다.

그 부분에 대해서는 사실 곡운성도 할 말이 없었다.

심지어 그는 그때 그 표행에 직접 참여하기까지 했었다.

물론 후발대를 맡고 있었기에 직접적인 활약은 보지 못했다.

하지만 바로 옆에서 직접 목격한 선발대의 표사들조차 루하가 무공을 숨긴 고수라고는 꿈에도 생각지 못했던 것을 보면, 선발대에 있었더라도 그 역시 그런 의심은 하지 못했을 것이다. 구궁육합진에서 루하가 맡은 천(天)의 방위라는 곳은 원래가 그런 자리였다.

"하나 너무 비관적으로만 생각할 일은 아닙니다."

조철중의 푸념을 듣다 못한 곡운성이 그렇게 한마디를 했다.

"봉천표국의 일은 그냥 던져 본 말일 수도 있습니다."

만수표국에서 이 년 동안 쟁자수 일을 했다면 봉천표국과의 관계나 그 외에도 돌아가는 주변 상황을 어느 정도 알고 있을 것이다.

"표사들이 몸값을 올리기 위해 거짓 허세를 부리는 경우야 흔한 일이 아니겠습니까?"

그야 조철중도 알고 있다.

허투루 표국의 주인 자리에 앉아 있는 것이 아니었다.

다른 표국을 끌어들여 자신의 몸값을 올리려는 수작이야 숱하게 겪어 본 그였다. 그래서 이 시점에 봉천표국을 들먹인 루하의 의도야 충분히 짐작하고도 남았다. 곡운성의 말 대로 어쩌면 정말로 거짓 허세일 수도 있었다.

"하나…… 그것이 거짓이 아니라면?"

정말로 봉천표국에서 루하를 노리고 있는 것이라면?

"하긴, 그렇다고 해도 지금으로서는 우리가 할 수 있는 게 아무것도 없으니……."

그저 루하의 말이 거짓 허세이길 바랄 뿐.

하지만 루하의 동태를 살피러 보낸 자에게서 들려오는 소식은 그렇게 희망적인 것이 아니었다.

마치 일차 협상이 신호탄이라도 된 듯, 그날 하루에만도 무려 네 곳의 표국에서 루하의 집을 찾았다는 것이다.

가뜩이나 봉천표국 때문에 신경이 쓰여 속이 바짝바짝 타들어 가는 판인데, 엉뚱한 곳에서 자꾸만 마수를 뻗쳐 대니 이건 숫제 피가 다 마르는 기분이었다.

그리고 이튿날, 마침내 우려했던 일이 현실이 되어 나타났다.

다시 두 곳의 표국에서 루하의 집을 방문하고 간 직후였다. 봉천표국에서, 그것도 표국주 길군평이 직접 루하를 찾아왔다는 것이었다.

"거기 왜, 취선루(取鮮樓) 있잖습니까요? 지금 거기서 기녀들까지 옆에 끼고서는 술을 주거니 받거니 하고 있는데,

벌써 형님 동생 하는 것이 금방이라도 계약을 해 버릴 것 같은 분위기였습니다요. 십 년 사귄 벗도 그처럼 살갑지는 않을 것 같았다니까요."

그 말을 듣는 순간 '아차!' 싶었다.

표국이 표사를 영입하는 방법에는 두 가지가 있었다.

하나는 좋은 조건을 제시하는 것이고 다른 하나는 고전이자 표준이라 할 수 있는 술과 여자였다.

전자는 경험 많고 노회한 표사들에게, 후자는 젊고 혈기 방장한 젊은 표사들에게 주로 사용하게 되는 것인데 특히 봉천표국의 길군평은 젊을 때 놀아 본 경험을 바탕으로 접대 쪽으로는 가히 타의 추종을 불허하는 능력이 있었다.

한창 혈기방장한 나이의 루하를 다루는 것은 길군평에겐 식은 죽 먹기였다.

더구나 더 큰 문제는 길군평이 단지 접대만 잘하는 게 아니라는 것이다.

씀씀이도 크다. 접대로 분위기를 띄워 놓고 좋은 조건까지 제시하면 제아무리 노회한 표사라도 넘어갈 판에 아직 나이 어린 루하야 오죽하겠는가.

길군평이 이토록 본격적으로 나올 줄은 미처 생각 못 했던 조철중은 그야말로 제대로 한 방 얻어맞은 듯한 기분이었다.

"적자를 보는 한이 있더라도 처음부터 아예 거절 못 할 조건을 제시했어야 했는데……."

새삼 다시 부질없는 후회를 해 본다. 하지만 벌써 형님 동생하고 있다면 이미 떠난 배일 것이다.

"끄응……."

그날 밤 조철중의 집무실에선 밤새 앓는 소리만 새어 나오고 있었다.

*　　*　　*

"자자자. 아우, 내 술 한 잔 더 받으시게."

"아뇨. 정중히 사양하겠습니다. 이왕이면 미녀가 따라 주는 술이 더 맛나지 않겠습니까?"

"그런가? 하긴, 그렇지. 암! 지당한 말씀이지! 우하하하하! 아우는 정말 풍류를 아는 사내로구만. 자자, 이것들아! 뭣들 하는 게냐? 여기 젊은 영웅께서 어서 술을 따르라지 않느냐!"

루하는 무척이나 기분이 좋았다.

표국의 국주씩이나 되는 길군평이 입 안의 혀처럼 살살 거리는 것도 좋았고 나긋나긋한 기녀들이 옆에 착 달라붙어서 은은한 분향을 뿌려 대는 것도 좋았다.

무엇보다 그를 기분 좋게 만드는 것은 이곳 취선루가 산서에는 겨우 세 개밖에 없다는 최고급 기루인 홍루라는 것이다.

　'저런 곳에서 술을 마시는 작자들은 대체 얼마나 팔자가 늘어진 작자들인 거야?'

　오고 가며 멀리서 삐죽 솟아 있는 화려한 색상의 붉은 기와지붕을 볼 때마다 괜히 심통이 나고 짜증이 치밀었었는데, 행세깨나 한다는 자들이 아니면 엄두도 못 내는 이곳에서, 그 붉고 화려한 기와지붕 아래에서 지금 이렇게 늘어진 팔자의 주인공이 되어 술 접대를 받고 있는 것이다.

　'이래서 자고로 남자는 성공을 하고 봐야 한다는 거지!'

　역시 술은 분위기인가 보다.

　평소 잘 못 마시던 그 쓰디쓴 술이 천하에 주당이라도 된 것처럼 술술 잘도 넘어간다.

　그 바람에 얼큰하게 취했다. 딱 기분 좋을 만큼 알딸딸한 것이 주객들이 이 맛에 술을 마시는구나 싶었다.

　사실 길군평이 곽충도 대동하지 않은 채로 불쑥 찾아왔을 때만 해도 전혀 달갑지 않았다. 길군평에 대한 좋지 못한 소문도 소문이지만 그에 앞서 찾아왔던 다른 표국 방문객들과의 만남이 그다지 유쾌하지 못했기 때문이었다.

　무엇보다 그들이 내놓는 조건이 하나같이 별로였다.

태반이 조철중이 제시한 것의 절반에도 미치지 못했다.

어쩌면 당연한 일일지도 몰랐다.

그의 무위를 직접 목격한 조철중과는 달리 그들이야 그저 소문으로 들은 게 전부이니 소문만 믿고 무리한 조건을 내걸기에는 부담이 클 수밖에 없는 것이다.

기분이 나빴다.

그들의 심정을 이해는 하지만 목숨을 걸고 이룩한 자신의 업적이 폄훼를 당한 것 같아서 괜히 울컥 화가 치밀기도 했다.

그런 차에 길군평이 나타나 더할 수 없을 만큼 극진한 대접을 하는 것이었다.

길군평의 세 치 혀 위에서 이우경은 희대의 대마두가 되고 자신은 희대의 대마두를 죽인 천하의 대영웅이 되었다.

"아우가 홍염마수를 죽였다는 소식을 들었을 때 내 기분이 어땠는지 아는가? 그 순간 장판교에서 필기단마로 백만 대군 속을 휘저었던 상산 조자룡이 떠올랐다네. 아니, 이런 말 하면 사람들한테 욕을 먹을지도 모르겠네만 난 개인적으로 자네가 조자룡보다도 더 대단하다고 생각하네. 사실 조자룡이야 고작 어린애 하나 구한 것에 불과했지만 자네는 홍염마수로 인해 도탄과 시름에 빠졌을 수많은 사람들을 구한 것이 아닌가 말이네."

길군평은 정말이지 낯간지럽고 오글거리는 아부를 참 아무렇지 않게 해 대는 신묘한 재주가 있었다. 그리고 그런 낯간지러운 아부를 아무렇지 않게 듣는 데는 또 탁월한 능력이 있는 루하였다. 그러니 쿵짝이 잘 맞을 수밖에.

'그래! 이거거든! 내가 원했던 게 바로 이런 거거든!'

그랬다.

루하는 그동안 칭찬에 굶주려 있었다.

갖은 고생 끝에 찾아온 봄날인데 주위 반응들이 너무 심심했다.

다들 어려워하고 조심스러워하고 슬금슬금 피하기만 할 뿐, 뭔가 간질간질 가려운데 도통 그걸 긁어 주는 사람이 없었다.

심지어 만수표국조차 표행에서 돌아온 지 나흘 만에야 연락을 해 오지 않았던가.

거기다 한동안 산서와 섬서 일대를 들끓게 했던 삼절표랑에 대한 소문도 참으로 짧은 생을 다하고 이내 잠잠해졌다. 저잣거리에 나가 봐도 삼절표랑에 대해 이야기하는 사람은 눈을 씻고 찾아봐도 없었다.

지금 세상은 온통 이백 년 전 천하를 공포로 몰아넣었던 혈교와 혈교의 보물이 숨겨져 있다는 혈마동의 등장으로 시끌벅적했다. 혈마동의 존재감이나 화제성에 비하면 삼절표랑은 그야말로 달빛 아래 반딧불이었다.

그것이 못내 서운하고 아쉬웠다.

'그래. 뭐, 혈마동이야 그렇다 치자고.'

혈마동으로 인해 이제 삼절표랑은 한잔 술의 안주거리조차 되지 못하는 것도 그러려니 할 수 있다. 세상인심이야 늘 냄비 끓듯 하기 마련이니까.

하지만 적어도 자신을 필요로 해서 찾아온 사람들이라면 그에 맞는 태도를 보여야 하는 것 아닌가?

'인간들이 하나같이 왜 그렇게 점잖을 떨어 대느냔 말이지.'

낯간지러워도 좋고 오글거려도 좋다.

칭송이라도 좋고 아첨이라도 좋다.

'그러니까 나를 좀 떠받들어 보란 말이다!'

그리해 자신이 얼마나 대단한 일을 해 냈는지, 자신의 세상이 얼마나 달라졌는지 자꾸자꾸 상기시켜 주기를 바랐다. 그런데 지금 길군평이 너무도 시원하게 그의 가려운 곳을 긁어 주고 있는 것이다.

'흐흐흐흐. 내 이럴 줄 알았다니까. 북해빙궁? 신비의 고수? 다 개소리지!'

길군평은 자신의 세 치 혀에 놀아나서 한껏 흥에 취해 있는 루하를 보며 회심의 미소를 지었다.

삼절표랑에 대한 여러 소문들이야 그도 들었다.

북해빙궁의 고수라는 말도 있었고 어느 신비문파의 제자라는 소문도 있었다. 구대문파의 제자라고도 하고 새외 무림에서 왔다고도 했다.

그렇듯 삼절표랑에 대해서는 확인되지 않은 소문만 무성했다.

하지만 직접 얼굴을 맞댄 순간 바로 알았다.

그 무성한 소문이 죄다 개소리였다는 것을.

이 정루하라는 소년은 분명 태생부터가 자신과 같은 부류였다.

봉천표국의 쟁자수로 살다가 반반한 얼굴을 무기로 표국주의 딸을 꼬시는 데 성공, 그걸 계기로 육대가문의 하나인 의창목가의 속가제자를 거쳐 단숨에 봉천표국의 주인 자리까지 꿰찬 그였다.

그러하기에 안다.

걸음새부터 말투, 눈빛, 행동거지 하나하나가 무엇을 말하는 건지.

'좋게 말하면 개천에서 난 용이고 나쁘게 말하면 근본 없고 미천한 따라지 인생이었다는 거지.'

홍염마수를 죽인 고절한 무공을 어디서 얻었는지는 모르

겠지만 절대로 좋은 가문, 좋은 환경에서 좋은 교육을 받아 온 자가 아니었다.

루하에 대해 그렇게 결론을 내리고 나니 그 다음부터는 쉬웠다.

절제를 미덕으로 아는 잘난 도련님들과는 달리, 이런 부류를 다루는 데는 세 가지만 있으면 충분했다.

쓰디쓴 독주와 아름다운 미녀, 그리고 달콤한 말.

쓰디쓴 독주에 마음을 놓고 아름다운 미녀의 체취에 정신을 놓고 달콤한 말에 이성을 놓으면 그때부턴 삼절표랑이고 뭐고 간에 그저 말 잘 듣는 강아지가 되는 것이다.

젊은 날 그렇게 당한 배신이 몇 번이며 그렇게 날린 돈이 얼마던가.

지금 루하의 모습이 딱 그와 같았다.

길군평은 분위기가 무르익자 때를 놓치지 않고 루하의 앞에 계약서와 필묵을 내밀었다.

"이게…… 뭐죠?"

루하가 게슴츠레 반쯤 떠진 눈으로 앞에 놓인 계약서와 헤픈 웃음을 흘리는 길군평을 번갈아보며 물었다.

"아우. 아우는 날 어떻게 생각하는가?"

"예?"

"우리가 비록 오늘에야 만났지만 오늘에야 만난 것이 한

탄스러울 만큼 나는 아우가 내 친혈육인 것도 같고 마치 십
년을 사귄 벗처럼도 느껴진다네. 마음 같아서는 도원결의
라도 맺어 평생의 지기로 삼고 싶은 것이 내 솔직한 심정이
지. 해서 말이네, 나와 같이 우리 봉천표국에서 일해 보지
않겠나? 이 계약서는 어디까지나 형식적인 것일 뿐, 보면
알겠지만 액수나 조건은 기입이 되어 있지 않네. 자네가 원
하는 만큼 써 넣게나. 평생의 벗을 사귀는데 천만금인들 아
깝겠는가?"

한 마디 한 마디에 실린 진정은 뜨거웠고 눈빛은 강렬했
다.

물론 그 진정이야 거짓이고 가식이었지만, 그럼에도 한
마디 한 마디가 심금을 울린다.

'이런 얼뜨기 애송이 하나 구슬리는 거야 식은 죽 먹기
지.'

아니나 다를까, 그 같은 길군평의 거짓 진정에 대번에 감
격한 얼굴을 하는 루하다.

'됐다!'

넘어왔다.

이런 식으로 낚아챈 표사가 한둘이 아니다.

그리고 그들이 저런 얼굴을 했을 때, 열에 아홉은 '아닙
니다. 표국주님께서 알아서 주십시오.' 라며 계약서를 도로

내밀었고, 남은 하나는 거기에 더해서 우리 사이에 돈이 무슨 상관이겠냐며, 의리와 신의는 돈으로 값을 매기는 것이 아니라며 계약금으로 달랑 은자 한 냥을 적어 낸 경우도 있었다.

그런데 루하는 후자인 모양이었다.

감격에 찬 표정으로 길군평을 보던 루하가 이내 뭔가 결심을 한 눈빛을 하고는 필묵을 들었다. 그리고 일필휘지로 글을 적었다.

은자(銀子) 일(一)…….

순간 길군평의 얼굴이 환해졌다.

그리고 그 즉시, '아우. 고맙네. 아우가 보여 준 의리와 신의는 내 절대로 잊지 않을 것이네.' 라는 말을 목구멍 밖으로 내뱉으려 했다.

그런데,

천(千)…….

'천(千)?'

일(一) 다음의 글자가 냥(兩)이 아니라 천(千)이었다. 냥은 천 다음이었다.

'그러니까…… 은자 일천…… 냥?'

그랬다. 루하가 적은 금액은 무려 '은자 일천 냥'이었다.

"일단 계약금은 이 정도면 될 것 같은데요?"

루하가 계약서를 내밀며 어떠냐는 눈길을 건넨다.

잠시 황당해하던 길군평이 돌연 웃음을 터트렸다.

"하하하. 이런이런, 내가 깜빡 속아 넘어갈 뻔했구만. 아우는 어쩜 그렇게 장난도 진짜처럼 치는지……."

"장난 아닌데요?"

"장난이 아니라고?"

"예."

"그럼 정말 계약금으로 은자 천 냥을 달라는 겐가?"

"예. 왜요? 아까는 천만금도 아깝지 않다면서요?"

"무, 물론 그렇긴 하네만…… 절대로 아까워서 이러는 게 아니네. 평생의 지기를 만났는데 그깟 은자 천 냥이 무슨 대수겠나. 다만 돈이란 게 워낙에 요물이라 자칫 우리의 신의마저도 더럽힐 수 있는 여지가 있는……."

"에이, 그런 게 어딨어요? 공은 공이고 사는 사죠. 그리고 전 신의도 값을 매길 수 있다고 생각하는 주의거든요. 형님과 저, 평생지기라면서요? 평생의 벗을 얻은 값으로 은자 천 냥이면 사실 너무 싼 거죠. 마음 같아서는 천 냥이 아니라 십만 냥을 적어도 시원치 않을 텐데."

"하나, 아무리 그렇기로서니 은자 천 냥은……."

"왜요? 설마 아까워서 그래요? 아까는 저한테 조자룡도

비길 바가 안 되는 대영웅이라면서요? 그런 제가 은자 천 냥어치도 안 된다 생각하시는 건 설마 아니겠죠?"

"아니, 그런 게 아니라 내 말은 그러니까……."

"역시 그런 게 아닌 거죠? 난 또 형님이 말만 그럴싸하게 하는 허풍선이였나 하고 잠시 몹쓸 의심까지 했다니까요."

"……."

뭔가 말리고 있다.

얼떨떨해하던 중에 정신을 차려 보니 일이 요상하게 흘러간다.

'뭐지?'

뭘까, 이건?

뭐가 어디서부터 틀어진 거지?

'혹시…… 내가 사람을 잘못 본 건가?'

어쩌면 자신과 같은 부류가 아닐지도 모른다는 불길한 생각이 뇌리를 스쳐 간다.

'설마 정말로 북해빙궁이나 새외 무림의 고수이기라도 하단 말이야?'

하지만 속된 언행 하며 투박하다 못해 저급한 행동거지 하며, 아무리 봐도 명문가의 것이라고는 할 수 없다.

'그럼 대체 이놈의 정체가 뭐야?'

방금 전까지만 해도 단순했던 모든 것들이 갑자기 정신을 못 차릴 정도로 복잡해졌다.

사실 그렇게 복잡할 것도 없는 일이었다.

그의 눈은 정확했다.

분명 루하는 그와 같은 부류였다.

다만 젊은 날의 그와 다른 것은 지기의 영향인지 쓰디쓴 독주에도 그저 알딸딸한 정도일 뿐 마음을 놓을 정도로 취하지는 않았다는 것과, 홍루의 기녀가 제아무리 아름답기로서니 설란에 비할 바는 아니기에 기녀들의 미색에 정신이 홀릴 일도 없었다는 것, 그러니 길군평의 달콤한 아부가 아무리 귀에 착착 감기고 가려운 곳을 시원하게 긁어 주어도 이성까지는 잃지 않았다는 것이다.

무엇보다 애당초 그는 봉천표국에 갈 마음이 눈곱만큼도 없었다.

태생이 같은 부류다 보니 길군평이 그를 단번에 파악했듯 그 역시 길군평의 속내를 훤히 꿰고 있었다.

어느 졸부의 철없는 자식 보듯 하며 자신을 손바닥 위에 올려놓고 가지고 놀려 하는 게 빤히 다 보였다. 그럼에도 호형호제를 허락하고 계약서에 비록 터무니없는 금액이지만 그런 금액이라도 적어 넣은 것은 길군평 때문이 아니었다.

분주한 중에도 유독 그들이 있는 식탁 주위에서만 알짱 거리고 있는 어린 점소이 때문이었다.

　'만수표국 쪽의 사주라도 받은 모양인데…….'

　길군평과 만난 것이 벌써 전해졌을 테니 조철중의 속이 얼마나 타들어 가고 있을지 충분히 짐작할 수 있었다.

　'하지만…… 아무리 마음이 급해도 그렇지, 쥐새끼를 쓰려면 좀 제대로 된 쥐새끼를 쓰든가, 뭐 저리 어설픈 녀석을 쓰냔 말이지.'

　아닌 게 아니라 정말이지 쥐새끼 티 팍팍 낸다.

　전업이 점소이였고 이런 사주를 숱하게 받아 본 선배 점소이 입장에서 한심함을 넘어 안타깝기까지 했다.

　앞에 꿇려다 앉혀 놓고 쥐새끼로서 가져야 할 각오와 행동 강령에 대해서 일장연설이라도 들려 주고 싶은 심정이었다.

　'뭐, 아무튼 간에…….'

　어쨌든 그가 길군평의 수작질에 장단을 맞춰 준 것은 접대가 그저 즐겁기도 했지만 그보다는 그를 감시하는 점소이에게 일부러 보여 주기 위함이었다.

　정확히는 조철중에게 보여 주고자 함이었다.

　'내가 천 냥을 써 냈다는 것을 알게 되면 과연 어떤 반응을 보이려나?'

어쩌면 내일 당장이라도 은자 천 냥이 든 목함을 그 앞에 내밀지도 모른다.

'그게 아니더라도 삼백 냥보다는 훨씬 더 많은 돈이 들어 있겠지.'

그러고 보면 적당한 때에 참 절묘하게도 나타난 길군평이다.

'덕분에 기분 좋게 접대도 받고 몸값도 올리고, 참 고마운 형님이란 말이지.'

이런 형님이라면, 이렇게 늘 고맙기만 한 형님이라면 평생의 벗이 되어도 좋지 아니한가!

그러나 오늘은 여기까지다.

'놀 만큼 놀았고 보여 줄 만큼 보여 줬으니……'

이제 그만 고마운 형님과 작별을 고해야 할 때였다.

루하가 자리를 털고 일어서며 계약서를 집어 들었다.

"집에 기다리는 사람도 있고, 오늘은 아쉽지만 여기까지만 해야겠네요. 그리고 아무래도 쉽게 결정을 내리지는 못하시는 것 같으니 이건 제가 가져갈게요. 여기에 도장을 찍을 결심이 서시면 그때 다시 뵙도록 하죠. 뭐, 안 된다고 해도 이해해요. 서운한 마음도 없어요. 봉천표국도 나름의 사정이란 게 있을 테니까. 아무튼 오늘 정말 형님 덕분에 술 한번 자알! 마셨습니다!"

꾸벅 인사까지 하고는 취선루를 나선다.

길군평은 아무것도 할 수 없었다.

그를 잡자니 은자 일천 냥은 터무니없는 돈이었고 그렇다고 이대로 포기해 버리자니 봉천표국의 앞날이 걱정이다.

아니, 무엇보다 지금 이 상황이 아직도 어리둥절하기만 했다.

뭐가 어떻게 된 상황인지 도무지 모르겠다.

그렇게 이러지도 저러지도 못한 채 망연히 루하의 뒷모습을 지켜보던 그의 뇌리에 문득 스쳐 가는 것이 하나 있었다.

그다지 인정하고 싶지 않은, 하지만 이 상황을 설명할 수 있는 단 하나.

'혹시 저놈이 날 가지고 논…… 거는 아니겠지?'

그럴 리가 없다.

'내가 저딴 코흘리개 애송이한테…… 그럴 리가…….'

그런데 뭘까?

실컷 이용당하고 가차 없이 버려진 듯한 이 더러운 기분은?

第三章

요즘 나 돈 개념 완전 없어졌지?

"삼원표국의 국주 도하연(禱夏然)이라고 해요."

"삼원표국의 총표두 이지상입니다."

여인과 여인의 뒤에서 여인을 수행하듯 서 있는 사내가 그렇게 자신을 밝혔다.

삼원표국이라니?

삼원표국은 만수표국이나 봉천표국 같은 군소 표국들과 는 급이 다른 곳이었다.

산서 제일 표국이라는 명성답게 산서에서만큼은 대륙표 국이나 천룡표국 못지않은 지위를 가지고 있는 곳이었다. 산서에서 표국 밥 먹는 사람 중에 삼원표국에서 일해 보기를 소원하지 않는 자는 단 한 명도 없을 것이다.

모든 표국들이 실력 있는 표사들을 영입하기 위해 애를 태우는 것과 반대로 실력 있는 표사들이 들어가고 싶어 안달을 내는 유일한 곳. 그런 삼원표국에서까지 자신에게 관심을 가지고 있을 줄은 미처 몰랐다. 게다가 그 주인이 직접 찾아올 줄은 더더구나 꿈에도 생각지 못했었다.

하지만 그를 정신 못 차리게 하는 것은 지금 눈앞에 앉아 있는 여인이 삼원표국의 주인이어서가 아니었다.

얼마 전 작고한 전(前) 국주 금응신도(金應神刀) 도세천(禱世天)의 무남독녀로 삼원표국의 새 국주가 된 이 여인의 미색이 눈부시도록 아름답다는 것이었다.

'산서 제일의 미녀는 삼원표국의 도하연이라 하더니 만······.'

그야말로 명불허전이다.

어제 보았던 홍루의 기녀들과는 급이 달랐다.

보고 있자니 계속해서 넋 놓고 보게 된다.

덕분에 방 안에는 때 아닌 정적이 흘렀다.

그 정적을 먼저 깨트린 것은 도하연이었다.

"홍염마수를 죽인 삼절표랑이 쟁자수라는 소문이 정말 사실이었군요."

말투에는 놀람이 서려 있었지만 그 눈빛은 차분했다.

그 지긋한 눈길에 '꿀꺽' 절로 입이 마르고 침이 삼켜지는 루하다.

미모도 미모지만 말투며 눈빛이며, 찻잔을 들어 올리는 가녀린 손가락마저도 어딘지 고혹적이다.

'표국의 국주가 아니라 차라리 홍루의 기녀가 되었다면 이 나라 화류계를 평정하지 않았을까?'

그만큼 설란의 풋풋함과는 다른, 뭔가 성숙하면서도 은밀한 무언가를 상상하게 만드는, 그러면서도 속되지 않고 기품이 느껴지는 묘한 마력이 있었다. 그 마력에 부처님도 돌아앉을 판에 한창 혈기왕성한 루하야 오죽하겠는가.

"침 좀 닦지?"

루하가 얼이 빠져 도하연을 보고 있자 어느새 털보 변장을 한 설란이 루하의 옆구리를 푹 찔렀다.

당황한 루하가 버럭 했다.

"내가 뭐? 언제? 무슨 침을 흘려?"

"너 지금 침이 아주 턱에 한가득이거든?"

"대체 무슨 소리를……."

반사적으로 턱을 훔치던 루하는 소매에 축축이 젖어드는 찝찝한 감촉에 흠칫했다.

민망하다 못해 얼굴이 화끈거릴 지경이다.

그런 루하가 한심하다는 듯 쯧쯧 혀를 차는 설란이다.

"쯧쯧. 꼴에 지도 사내라고 예쁜 여자만 보면⋯⋯."

그런 설란의 눈빛에는 따끔따끔거릴 만큼 가시가 잔뜩
돋쳐 있었다.

게다가 어딘지 매섭고 사납다.

루하가 급히 발뺌을 했다.

"그, 그런 거 아니거든? 요 며칠 워낙에 중대사를 치르
다 보니 긴장이 좀 풀려서 그런 것뿐이거든? 맥이 탁 풀리
고 갑자기 몸도 좀 안 좋아져서 그런 것뿐이거든? 음, 그러
고 보니 몸살 기운이⋯⋯."

"흥! 몸살 같은 소리하고 있네. 몸이 얼마나 안 좋으면
한여름 광병 걸린 개처럼 침을 질질 흘려 대실까?"

"뭐? 광병 걸린 개? 야! 아무리 그래도 그렇지, 말을 해
도 꼭 그렇게 해야겠어? 아닌 말로, 남자가! 예쁜 여자 보
고 침 좀 흘릴 수도 있는 거지! 절간 땡초도 아니고, 남자가
예쁜 여자 보고도 아무 반응 없으면 그게 정상이야? 어디
하나 모자란 거지!"

말은 그렇게 했지만 그래도 민망한 마음에 슬쩍 도하연
의 눈치를 살폈다. 괜히 초면에 추잡한 사람으로 보이지나
않았을까 걱정을 했다. 하지만 이런 일에는 이미 익숙한 건
지, 그들이 자신의 미모를 두고 티격태격하는데도 도하연
은 별다른 표정 변화가 없었다. 오히려 지금 이 순간 도하

연의 관심은 루하가 아니라 설란이었다.

"혹시 이분은…… 표운검이신가요?"

"아, 예, 뭐…… 그렇게들 부른다고 하던데요?"

뭔가 단단히 삐쳤는지 도하연의 질문에도 시큰둥해 있는 설란을 대신해 루하가 고개를 끄덕였다. 그러자 도하연이 새삼 흥미롭다는 시선으로 설란을 살폈다.

삼절표랑에 가려져서 신묘한 검술로 홍염마수를 상대했다는 것 말고는 알려진 것이 전무히다시피 했지만, 표운검 역시도 그녀의 관심 대상 중 하나였다.

'그런데…….'

저 말도 안 되게 어설픈 변장은 뭘까?

요 며칠 방문객이 잦다 보니 이젠 아예 털보 분장을 한 채로 살고 있는 설란이었다.

'여자인 것 같은데…….'

여자가 왜 저런 괴상한 분장을 하고 있는 것일까?

그렇게 도하연이 설란에게 관심을 보이는 틈을 타 루하가 자신의 민망함을 떨치기 위해 급히 화제를 돌렸다.

"근데 무슨 일로 저를 찾아오셨죠?"

루하의 질문에 이내 설란에게서 눈을 거두고 루하를 마주하는 도하연이다.

"삼절표랑이 쟁자수라는 소문의 진위 여부를 확인하고

자 왔어요. 소문대로 삼절표랑이 표사가 아니라 쟁자수라면 만수표국에 매인 몸이 아닐지도 모르니까요."

루하는 도하연의 말뜻을 바로 알아차렸다.

"그러니까 제가 만수표국에 매인 몸이 아니라면 저를 삼원표국으로 데려가고 싶다, 그 말씀이시죠?"

"예, 그래요. 이왕이면 표운검 소협도 같이. 두 분 모두우리 삼원표국으로 오셨으면 해요."

도하연의 미색에 잠시 넋을 놓긴 했지만 그녀가 삼원표국의 국주라는 것을 들은 순간에 이미 그녀의 방문 목적은바로 알아차렸다.

그 외엔 이런 미인이, 그것도 삼원표국의 국주씩이나 되는 여인이 자신을 찾아올 이유가 없는 것이다.

"혹시 만수표국과 이미 계약을 맺었나요?"

도하연의 살피듯 조심히 묻는 말에 루하가 솔직히 대답했다.

"아뇨. 조율 중에 있긴 한데 아직 계약을 한 건 아닙니다."

"그럼 만수표국에서 제시한 조건이 어떻게 되는지 물어봐도 되나요?"

"음…… 그건 좀……."

루하가 이번엔 좀 꺼리는 듯한 기색을 보였다. 만수표국의 조건을 타 표국 사람에게 가르쳐 주는 것이 만수표국에 대한 예의가 아니기도 하거니와 도하연의 속내를 전혀 모르는 상황에서 이쪽의 패를 죄다 까발릴 만큼 순진하지도 않았다.

그런 루하의 마음을 읽었는지 도하연이 바로 말을 바꾸었다.

"아니, 다시 말씀드릴게요. 만수표국에서 어떤 조건을 제시했든 간에 저희 삼원표국에선 만수표국에서 제시한 것의 두 배를 두 분께 드릴게요."

도하연의 말에 루하가 눈을 휘둥그레 떴다.

"두 배요?"

"예."

"얼마가 되었든 간에요?"

"예. 두 분께는 충분히 그만한 가치가 있으니까요."

아무리 삼원표국이 만수표국과는 규모나 자금력 면에서 비교를 불허하는 곳이라 하지만 허세가 너무 심한 거 아닌가 싶었다.

그래서 조금은 짓궂은 마음으로 슬쩍 떠봤다.

"만수표국에서 저한테 제시한 계약금만 해도…… 은자 오백 냥이었는데도요?"

사실은 삼백 냥이었지만 더 부른다고 손해날 것도 없는

데다 도하연의 반응이 궁금하기도 해서 그렇게 툭 던져보았다.

그런데 은자 오백 냥이라 하는데도 눈썹 하나 까딱하지 않는다.

"그럼 저희는 계약금으로 천 냥을 드리면 되는 건가요?"

"정말 은자 천 냥을 주시겠단 말씀입니까?"

"말씀드렸잖아요. 만수표국에서 제시한 것의 두 배를 드리겠다고. 솔직히 말씀드리면, 오백 냥이면 만수표국에서 삼절표랑의 가치를 너무 가볍게 생각한 것이 아닌가 싶은데요?"

삼백 냥을 뻥 튀겨서 오백 냥이라 불렀는데 그조차 가볍게 생각한 것이라니?

"그 말씀은 천 냥 이상도 줄 수 있다는 말씀입니까?"

"얼마를 원하세요?"

흔들림 없이 당당하다.

그 당당함이 이젠 허세로 보이지 않는다.

능력이고 자신감으로 보였다.

"만일 제가 계약금 이천 냥에 기본급으로 한 달에 서른 냥, 표행에 나갈 때마다 표행비로 백 냥을 달라고 한다면요?"

"그렇게 해 드린다면 저희 표국으로 오시겠어요?"

추호의 머뭇거림도 없다.

이젠 오히려 두려운 마음까지 들었다.

정말이지 이해가 안 된다.

아무리 삼원표국이 산서 제일이라 해도 자신이 내건 조건을 수용할 수 있을 만큼은 아니었다. 계약금 이천 냥에 일 년에 팔백 냥 이상의 거액을 일개인에게 지급한다는 건 표국의 근간마저 흔들 수 있는 파격을 넘어 파탄적인 대우였다.

모르긴 몰라도 천하제일을 다투는 안휘의 대륙표국이나 호북의 천룡표국이라 해도 일개인에게 이런 대우를 해 주는 경우는 없을 것 같았다.

분에 넘치는 것이란 언제나 화가 동반되기 마련이다.

루하가 경계를 담아 물었다.

"왜죠? 삼원표국 입장에서도 저한테 이런 대우를 한다는 건 분명 부담이 될 텐데요? 아무리 생각해도 그만한 부담을 흔쾌히 떠안으면서까지 저를 데려가야 할 만큼 저한테 그만한 가치가 있다고는 생각되지 않는데요?"

"그래요. 소협께서 요구한 조건은 분명 저희에게도 큰 부담이 되는 것은 사실이에요. 돈도 돈이지만 이런 조건이라면 표국 내의 반발도 적지 않을 테고, 타 표국의 따가운 눈총과 불만도 감당해야 해요. 소협 정도의 실력과 명성을 가진 고수들을 보유한 표국들에선 자칫 표사들 몸값을 대폭적으로 상향시켜줘야 하는 사태가 벌어질지도 모르니까요. 하지만 소협에게는 그런 부담을 감수할 만큼의 충분한 가치가 있어요. 적어도 저희 삼원표국에서만큼은 그래요."

더더욱 이해가 안 된다.

"그 말씀대로라면 나 정도의 실력과 명성을 가진 표사들은 다른 표국에도 있고 그들의 몸값은 제게 제시한 만큼은 되지 않는다는 것인데, 왜 저를 그렇게 무리하면서까지 데려가려는 거죠?"

"소협 정도의 실력과 명성을 가진 표사들이 다른 표국에는 있지만 저희 삼원표국에는 없다는 것이 첫 번째 이유고 소협 정도의 실력과 명성을 가진 표사가 매우 드물다는 것이 두 번째 이유이며 그 정도의 실력자라면 칠성표국에 가도 얼마든지 귀한 대접을 받을 수 있는 만큼 사실상 섭외하기가 어렵다는 것이 세 번째 이유예요. 하지만 무엇보다 소협이 탐이 나는 가장 큰 이유는 소협이 홍염마수를 죽인 삼절표랑이기 때문이에요."

"……?"

"저희 삼원표국은 비록 이성표국에 불과하지만 전통과 실력, 규모와 자금력 모든 면에서 삼성, 아니 사성이나 오성 표국에도 뒤지지 않는다 자부해요. 그럼에도 아직 이성표국에 머물러 있는 것은 오직 하남 때문이죠. 하남의 길을 열지 못했기 때문이에요. 그리고 하남을 열지 못한 건 실력이나 자금이 부족해서가 아니라 대표할 수 있는 얼굴이 없기 때문이구요."

하남성의 길을 열기 위해서는 두 개의 큰 관문이 있었다.

안휘에 인접해 있는 천중산과 호북에 인접해 있는 대별산이다.

비록 팔공산이나 형문산에 비힐 바는 못 되지만 그 다음으로 악명이 높은 곳이었다. 그도 그럴 것이 팔공산과 형문산에 도전했다 경쟁에 밀린 녹림도들의 차선의 선택지가 바로 천중산과 대별산이기 때문이다.

"아시다시피 녹림도에게 있어 그들이 머물고 있는 산이나 강은 그들의 이름이자 자존심이에요. 여산의 천풍채와 혈웅채가 홍염마수까지 동원해서 만수표국의 표행을 막았던 것도 그 때문이구요. 돈 몇 푼 더 받자고 아무 표국이나 자신들의 터전에 발을 딛게 허락하진 않죠. 그렇게 하면 그들의 주 고객인 그 지역의 표국들에게서 먼저 불만이 터져나올 테니까요."

경쟁자가 늘어나는 것을 좋아할 표국은 어디에도 없다. 그리고 연합된 표국의 힘이란 산채 하나는 거뜬히 갈아치울 수 있는 힘이 있었다.

복건의 구화산에서는 대호채(大虎寨)의 거듭된 독단과 패악에 실제 그런 일이 벌어지기도 했었다. 물론 막대한 희생을 치러야 했고, 그렇게 막대한 희생을 치른 끝에 구화산의 패주인 대호채를 갈아치운 것이 무색하게도 그 자리에 새로운 패주가 금방 또 생겨났지만 말이다.

"표국이 녹림도의 눈치를 보듯이 녹림도 또한 그 지역 표국들을 완전히 무시할 수가 없는 것이 현실이에요. 그렇게 얽힌 이해관계로 인해 각 표국이 다른 성으로의 표행길을 열기가 어려운 거구요. 녹림도가 길을 열어 주는 조건은 두 가지예요. 그 성에 뿌리를 박고 있는 표국이어야 할 것. 타 성의 표국이라면 그 성의 표국들조차 납득할 수 있을 만한 곳이거나 그에 준하는 명분이 있어야 할 것. 그것이 녹림도의 도(道)이자 암묵적인 묵계이며 그들이 표국과 공존하며 자신들의 생존과 자존심을 지켜 온 방법이에요. 하지만 안타깝게도 저희 삼원표국은 두 가지 조건 중 어디에도 해당하지 않죠."

뿌리를 내리고 있는 곳이 하남이 아니라 산서이고, 하남의 표국들이 납득할 만큼의 힘과 명성을 검증하지도 못했다. 그에 준하는 명분 또한 없다.

"하물며 천중산과 대별산의 녹림도라면 오죽하겠어요? 그들의 눈에는 저희 삼원표국이야 한낱 촌구석의 군소 표국일 뿐이니까요. 문을 두드려 보지 않은 것도 아니에요. 수년에 걸쳐서 시도를 해 봤지만 그때마다 철저히 무시만 당했죠. 그래서 소협이 필요해요."

루하를 보는 도하연의 눈빛이 뜨거웠다.

하지만 루하는 여전히 납득이 안 된다는 얼굴이었다.

"저 하나 낀다고 그다지 달라지진 않을 것 같은데요? 홍염마수가 녹림의 거물이라곤 해도, 그래서 제가 지금 좀 유명세를 타고 있긴 하다지만 그래 봤자 어차피 신인이잖아요. 다른 곳도 아니고 천중산이고 대별산인데 제 이름 석 자가 어디 씨알이나 먹히겠습니까?"

"아뇨. 반드시 달라질 거예요. 소협께서 삼원표국의 얼굴이 되어 주신다면 적어도 천중산의 패주 흑웅채(黑熊寨)의 두령만큼은 협상 자리에 앉힐 수 있어요."

"어째서요?"

"홍염마수를 죽였으니까요."

"......?"

"홍염마수 이우경과 그의 인왕채(人王寨)는 팔공산으로 거점을 옮기기 전까지 근 십 년간 천중산의 패주로 있었어요. 금강야차와의 일전에서 입은 부상이 완쾌되면 그가 재기의 발판으로 삼을 곳 또한 당연히 천중산이었을 테구요. 물론 하루가 다르게 그 세가 급격히 강해지고 있는 녹림도

이니만큼 그가 패주로 있던 때와는 상황이 많이 바뀌었어요. 흑웅채의 두령 구지귀왕(九指鬼王)의 투골음풍조(透骨陰風爪)만 해도 이우경의 홍염장보다 한 수 위로 알려져 있으니까요. 하지만 하남의 표국들 사이에선 아직도 이우경과 인왕채의 이름이 큰 공포로 남아 있을 만큼 이우경이 천중산에서 보낸 십 년은 결코 짧은 시간이 아니에요. 그런 이우경을 죽였다는 건 하남의 문을 두드리기에 충분한 명분이 되죠."

명분이 있는데 구지귀왕이 삼원표국과의 대화를 마다할 이유가 없었다.

상납금을 바칠 든든한 자금줄이 하나가 더 생긴다는데, 거기다 충분한 명분도 있는데 무엇하러 그들이 이를 마다하겠는가.

"천중산의 산길만 열 수 있다면 대별산은 쉽죠. 천중산이 곧 대별산의 산길을 여는 명분이 되어줄 테니까요."

그렇게 하남의 표행길을 열면 산동이야 간단할 테니 삼원표국은 단숨에 사성표국이 될 것이다.

그러나 도하연의 야심은 그것으로 끝이 아니었다.

"사성표국은 그저 시작일 뿐이에요. 그걸 발판으로 더욱더 힘을 키울 거예요. 제 꿈은, 아니, 삼원표국의 목표는 어디까지나 칠성표국이니까요."

"그럼 안휘와 호북까지도 생각하고 계시다는 말씀입니까?"

"예. 안휘와 호북을 얻지 못하고는 칠성표국도 없으니까요."

도하연의 당연하다는 말에 루하는 이맛살을 구겼다.

칠성표국이란 단지 일곱 개 성을 표행할 수 있는 표국을 말하는 것이 아니었다.

대개 흰 성이 일곱 개의 성과 맞닿아 있기에 그리 칭하는 것뿐이지 칠성표국이란 대륙 모든 성에 표행길을 열었다는 의미였다. 그리고 안휘와 호북은 칠성표국의 필수 관문이자 상징과도 같은 곳이었다.

"어려울 텐데요?"

어려운 정도가 아니었다.

수많은 표국들 중에서 칠성표국은 대륙표국과 천룡표국 단둘뿐이다. 그마저도 각기 안휘와 호북을 거점으로 하고 있었기에 가능했던 것이지 그렇지 않았다면 지금의 대륙표국도, 지금의 천룡표국도 없었을 것이다.

하물며 변두리 촌구석에 거점을 두고 있는 삼원표국이라면 더 말해 무엇하겠는가.

"물론 어렵다는 것은 알아요. 불가능한 일이라 해도 과언이 아닐 테죠. 그래서 서둘지는 않을 거예요. 그 일은 어디까지나 제 평생의 숙원 사업이 될 테니까요. 지금은 그저 천 걸음 만 걸음의 먼 여정을 위해 첫 발을 내디디려는 것 뿐이에요. 그 첫 걸음을 위해 소협의 힘을 빌리려는 것이 구요. 소협께서 힘을 빌려 주신다면 천 걸음 만 걸음의 길이 절반은 줄어들 테니까요. 그러니 소협께서 요구하신 금액은 결코 과한 것이 아니에요. 그보다 더 큰돈이 들더라도 소협을 꼭 모셔 가고 싶은 것이 제 솔직한 심정이에요."

"제가 더 달라고 하면 더 주시겠다는 겁니까? 얼마가 되든?"

"물론 무한정 드릴 수는 없겠죠. 음…… 이렇게 하는 건 어떤가요? 하남 길이 열리게 되면 계약금과는 상관없이 다시 이천 냥을 더 드리는 걸로 하면? 산동을 열어 사성표국이 되면 그때도 이천 냥을 더 드리구요."

생긴 것은 영락없는 천상의 선녀인데 배포며 야심은 여느 대장부 저리 가라다.

'이천 냥이 뉘집 개 이름도 아닌데…….'

지금처럼 살면 백 년은 너끈히 살 수 있는 돈이 아니던가.

'물론 사치를 부린다면야 일 년도 못 버틸 돈이겠지만…….'

없을 때는 한 냥으로도 넉넉하게 살지만 있을 때는 백 냥으로도 모자라는 것이 돈이라는 요물이니 말이다.

'하긴, 이렇든 저렇든 그것도 내 수중에 들어와야 돈인 거지.'

막 질러 대는 그녀의 배포에 잠시 마음이 혹하기는 했지만, 그것도 어디까지나 하남 길을 연다는 전제하에서의 성과급이다.

'하남 길을 여는 게 어디 어린 아이 손목 비트는 것처럼 쉬운 일도 아니고 말이지.'

그녀는 마치 자신이 삼원표국에 들어가기만 하면 당장이라도 하남 길을 열 수 있다는 듯이 말했지만 하남 길이 그렇게 만만할 리가 없다.

표국에서 나고 자란 도하연이고 그래서 자신보다 이 바닥 사정은 잘 알지 모르지만 그래 봤자 이제 막 세상에 나온 온실 속의 화초다.

적어도 세상에 대해서는 그가 훨씬 더 잘 알고 있었다.

그것이 결코 호락호락하지 않음도.

머리로 계산하는 그 이상의 위험이 곳곳에 도사리고 있음도.

호북과 안휘의 표국들을 제외하고 그 어느 곳도 하남 길을 열지 못한 데는 다 그만한 이유가 있는 것이다.

'자칫하다간 하남 길을 열기는커녕 하남 땅에서 비명횡

사하기 십상이지.'

더구나 표국의 대표 얼굴이라는 건 그만큼 위험에 더 많이 노출될 수밖에 없는 자리였다.

역시 분에 넘치는 호의가 괜한 것이 아니다.

목숨을 담보로 걸어야 했다.

짧고 굵게 살 생각은 추호도 없다.

가늘고 길게까지는 아니더라도 이왕이면 굵고 길게 살자는 주의였다.

그럼에도 지금 이 순간 마음이 어지러운 것은 역시 이천 냥이라는 거금과 삼원표국이라는 이름 때문이었다.

"일단 삼원표국의 뜻은 알겠습니다. 하지만 간단히 결정할 수 있는 일은 아니군요."

"물론 이 자리에서 답을 달라는 건 아니에요. 기한을 두지도 않을 거구요. 소협께서 원하기만 한다면 저희 삼원표국의 문은 언제든 열려 있을 테니까요."

"이대로 괜찮겠습니까?"

루하의 집을 나서는 길, 총표두 이지상이 걱정스럽게 말했다.

"이미 여러 표국에서 그를 노리고 있는데, 확답까지는 아니더라도 우리와의 협상을 우선으로 진행하겠다는 확언 정도는 받아 뒀어야 하지 않겠습니까?"

이지상의 걱정에 도하연이 고개를 저었다.

"이미 저희가 제시할 수 있는 최고의 조건을 제시했어요. 여기서 강요나 아첨이 더 보태어지면 괜히 우리의 저의만 의심받게 될 거예요. 지금은 삼절표랑에게 충분히 생각할 시간을 주는 게 나아요. 충분히 생각하고 나면 결국 우리를 찾게 될 거예요. 어차피 우리보다 더 나은 조건, 더 좋은 여건을 제공할 수 있는 곳은 없을 테니까."

"하긴 그렇습니다. 우리처럼 표국의 사활을 걸고 삼절표랑을 노릴 만한 곳은 없죠. 그나저나 묘한 사내가 아닙니까?"

"……"

"말투나 행동거지는 저속하고 경박한데 이상하게 범접하기 어려운 분위기를 풍기고, 미남자라고 하기는 애매한데 묘하게 눈을 떼지 못하게 만들고, 얼핏 보기에는 그냥 평범한 쟁자수처럼도 보이는데 맨손으로 홍염마수를 때려잡은 절세의 고수라니……."

그렇게 말끝을 흐리며 이지상이 슬쩍 도하연의 기색을 살폈다.

무감정한 듯한 눈빛을 하고 있었지만 그 안에는 분명 호기심이 있었다.

그녀에게도 정루하라는 소년의 인상은 꽤나 특이하고 특별하게 다가왔다. 그런 특별함 때문인지 루하의 얼굴이 이상할 정도로 선명하게 뇌리에 남아 있었다.

그런 그녀의 반응을 보며 '오호, 이것 봐라?' 하는 표정을 짓는 이지상이다.

그도 그럴 것이, 그동안 수많은 청년 협객들의 숱한 추파에도 눈길 한 번 주지 않던 그녀가 처음으로 이성에게 호기심을 보이고 있는 것이다.

그것이 재밌기도 하고 신기하기도 해서 슬쩍 떠봤다.

"그 나이에 그 정도의 성취라면 앞으로 얼마나 대단한 영웅이 될지 감도 안 오는군요. 정말이지 남 주긴 아까운 인재가 아닙니까? 그런 인재라면 평생을 우리 표국에 묶어 두는 것도 좋을 텐데 말입니다."

굳이 행간의 의미를 살피지 않더라도 그 표정만 봐도 무슨 의도로 하는 말인지 충분히 짐작할 수 있었다.

새삼스럽지도 않다.

괜찮은 청년 협객만 보면 저렇듯 중매꾼 본능을 꿈틀거리는 이지상이니까.

그럼에도 이번만큼은 이지상의 오지랖이 마냥 귀찮지만은 않다.

이지상의 말대로 이제 겨우 나이 열일곱에 홍염마수를

이긴 실력이다. 앞으로 십 년 후, 이십 년 후 과연 어떤 모습일지 짐작도 안 된다.

'그런 재능을 평생토록 삼원표국에 묶어 둘 수만 있다면⋯⋯.'

하지만 이어지던 그녀의 생각은 딱 거기에서 멈췄다.

생각 속으로 불쑥 털북숭이 얼굴 하나가 끼어든 때문이었다.

'표운검⋯⋯.'

사내 변장은 했지만 분명 여인이다.

격이 없이 티격태격 대던 둘의 모습은 여느 연인들의 그것과 크게 다르지 않았다. 게다가 분위기로 보아서는 한 집에서 같이 동거까지 하는 것으로 보였다.

거기에까지 생각이 미치자 뭔가 비릿한 불쾌감이 입 안을 감돌았다. 동시에 처음으로 가지게 된 사내에 대한 관심도 끊어졌다.

"가죠."

*   *   *

"어쩔 거야?"

도하연이 떠나자 설란이 루하에게 물었다.

"글쎄⋯⋯."

"잘은 모르지만 내가 듣기엔 너무 이상적인 말만 늘어놓는 것 같던데?"

"그야 당연하지. 사과 한 쪽을 팔아도 제일 잘생긴 놈을 제일 잘 보이는 곳에 전시하는 게 인지상정인데 하물며 사람 장사를 하러 왔으니 오죽하겠어?"

"그럼 그 일이 꽤 위험할 수 있다는 것도 알겠네?"

"알지."

"그런데도 망설이는 거야? 너 원래 그렇게 모험적인 사람 아니잖아? 돈보다는 안전 아냐?"

"돈도 돈 나름이니까. 계약금만 이천 냥이라고, 이천 냥! 내 평생소원이 수중에 은자 천 냥만 있었으면 했던 적도 있었어. 그럼 평생 놀고먹을 수 있으니까."

게다가 산서 제일이라는 삼원표국이다.

"하남이 용담호혈이라고 해도 삼원표국도 그리 호락호락한 곳은 아닌데 설마하니 정말로 죽을 일이야 있겠어? 그리고 아무리 안전이 돈보다 중요하다지만 나도 이젠 엄연히 칼 밥 먹고 사는 무림인이잖아. 웬만하면 그러고 싶지 않지만 그래도 모험을 해야 할 때는 모험을 해야지. 지위와 명성은 공으로 얻어지는 게 아니니까."

"망설이는 게 단지 그 이유뿐이야? 아까 그 여자 때문은 아니고?"

"아까 그 여자? 도 국주? 왜? 내가 미색에라도 홀렸을까 봐?"

"아냐?"

"뭐, 이쁘긴 했지. 뭐랄까…… 봄꽃 같은 화사함 속에 어른의 향기가 느껴진달까? 모름지기 사내라면 한 번쯤 넋을 잃어 주는 게 예의일 것 같은 미모였지."

떠올려보자니 절로 입가에 흐뭇한 미소가 머문다.

그런 루하의 태도가 영 맘에 안 드는지 설란이 눈썹을 치켜뜨며 콧방귀를 꼈다.

"흥! 그거 다 화장발이거든?"

"화장발이면 어때? 예쁘면 그만이지."

"그래서 뭐야? 결국 그 여자 때문에 삼원표국에 가겠다는 거야?"

"아직 결정을 내린 것도 아니고 도 국주 때문에 삼원표국에 가겠다는 것도 아니지만, 같은 값이면 다홍치마라잖아. 이왕이면 미녀 국주와 함께 일해서 나쁠 거야 없지. 근데…… 아까부터 왜 자꾸 떽떽거려?"

"내가 뭘 떽떽거려?"

"아까부터 그러고 있잖아. 왜? 도 국주가 마음에 안 들어?"

"아니라니까! 내가 그 여잘 언제 봤다고 맘에 들고 말고 할 게 있어?"

"그게 아님 뭐 나한테 불만이라도 있어?"

설란이 뭐라 반박을 하려다가 멈칫한다.

"어? 정말인가 보네? 뭐야? 뭐가 못마땅한 거야?"

설란은 이번에도 입을 떼려다 말았다.

루하에게 불만이 있는 건 사실이었다.

정확히는 도하연을 대하던 루하의 태도가 마음에 안 들었다.

넋을 놓고 보질 않나 침을 질질 흘려 대질 않나, 게다가 예쁘다는 말을 아주 입에 달고 있다.

도무지 눈꼴셔서 못 봐줄 지경이었다.

그런 루하의 태도가 왜 그렇게 서운하고 얄미운지 모르겠다.

그런데 뭐가 불만이냐는 루하의 물음에 그러한 속내를 말로 내뱉으려니 왠지 자신이 유치해지는 것 같고 자존심도 상한다.

아니, 그 전에 정작 그런 자신의 감정이 낯설었다.

그도 그럴 것이 십오 세 소녀의 방심(芳心)은 원래가 그렇게 쉽게 정의 내릴 수 있는 것이 아니었으니까.

그건 열일곱 살의 루하에게도 어렵기는 마찬가지였다.

"대체 왜 그러는데? 뭐가 불만이야?"

영문을 모르겠다는 답답해하는 루하다.

멀뚱멀뚱한 루하의 얼굴을 보자니 괜히 더 성질이 나고 약이 오른다.

"흥! 됐거든!"

홱 돌아앉은 설란의 등에선 찬바람이 쌩하게 불었다.

'대체 왜 저래?'

무슨 일인지는 모르겠지만 조금 무섭다.

십오 세 소녀의 방심에 대해서는 잘 모르는 루하지만 세상 사는 이치에는 그래도 꽤나 밝은 그였다. 파도가 심할 때는 피해야 한다는 것쯤은 알고 있었다.

그래서 슬그머니 자리에서 몸을 일으켰다.

"아무튼 난 양씨 아저씨한테 좀 다녀올게. 아무래도 좀 늦어질 거 같으니까 저녁은 혼자 먹어."

"흥! 그러든가 말든가!"

연신 콧방귀를 뀌어 대는 설란을 뒤로하고 급히 집을 나섰다.

집을 나서자 그제야 주눅 들었던 마음이 활짝 펴지고 숨통이 트인다.

숨통이 트이자 울컥 억울하다는 생각이 든다.

"엊그제만 해도 과거 떠나는 서방님 챙기듯이 옷까지 준비해서는 그렇게 살뜰히 챙겨 주더니, 갑자기 왜 저러는 거냐고 진짜! 변덕이 무슨 미친 년 널 뛰듯 하고 있잖아!"

돌이켜 생각해보면 그는 그저 도하연이 예뻐서 예쁘다고 한 것뿐이었다.

"뭐 좀 추태를 보이긴 했지만…… 그거야 뭐 내 쪽이 팔리면 팔렸지 지랑 무슨 상관이라고? 아니지. 가만……."

문득 뇌리를 스치는 생각.

"이거 혹시…… 질투 아냐?"

생각이 거기에 미치자 괜스레 가슴이 두근거린다.

하지만 이내 고개를 저었다.

"나 참, 꿈도 야무지네. 그럴 리가 없잖아? 날 때부터 금수저를 물고 태어난 년이 나 같은 놈을 뭐 하러?"

의선가의 장녀에 육대가문을 외가로 두고 있고 천하사대미녀인 검향선녀 단자경이 모친이다. 거기다 현철 단도에 천잠보의까지, 그야말로 걸어 다니는 보물 창고가 따로 없다.

삼절표랑이니 신진고수니 하며 그도 이젠 제법 이름 꽤나 얻었다지만 이건 도무지 같은 저울에 다는 것조차 황송할 지경인데, 그런 고귀하신 그녀가 자신 때문에 질투를 한다는 게 어디 가당키나 한 일인가 말이다.

"그럼 대체 뭐냐고!"

아, 생각하자니 머리만 아프다.

더구나 지금은 인생이 걸린 중대사를 결정해야 하는 중차대한 순간이었다. 괜한 데에 심력을 낭비할 여유가 없었다.

그래서 설란에 대한 생각은 접어 두고 걸음을 서둘렀다.

그렇게 걷다 보니 어느새 양윤의 집 앞이었다.

양윤의 집은 루하의 집보다 훨씬 크고 넓었다. 더구나 루하는 한 달에 삼백 문을 내고 세를 사는 데 반해 양윤은 온전히 자가(自家)였다.

'아무리 한 때 나랏밥을 먹던 양반이었다지만……'

말단 벼슬아치 월급이라고 해 봐야 빤한 것 아니겠는가?

'공납 비리에 억울하게 연루되었다는 거 순 거짓말 아냐?'

주도까지는 아니더라도 뭔가 알게 모르게 관여를 한 것이 아닐까?

이 크고 넓은 집을 볼 때마다 그런 의심이 든다.

더구나 내색은 안 했지만 모아 둔 돈도 꽤 있는 것 같았다. 그렇지 않다면 초임 쟁자수 벌이로는 딸린 식구만 일곱인 집안 살림이 제대로 돌아갈 리가 없는 것이다.

'하긴 뭐, 나라가 죄다 썩어 빠졌는데 아무리 말단 벼슬아치라고 해도 이래저래 청탁이며 뇌물이 안 들어올 리가

없었겠지.'

그런 와중에 뒷주머니 좀 챙겼기로서니 크게 의외일 것도 없다.

양윤이란 사람 자체가 청렴결백과는 조금 거리가 있는, 적당히 노회하고 적당히 속물적인, 그러면서도 분수에 넘치는 욕심은 부리지 않는 사람이었으니까.

그래서 오히려 대하기가 편한 것일지도 몰랐다.

쿵쿵!

문을 두드렸다.

끼이익—

문이 열리고 모습을 드러낸 것은 양윤의 처 이씨 부인이었다.

나이는 서른 중후반, 딱 보기에도 인심 좋고 후덕해 보이는 인상의 여인이었지만 때로는 여우처럼 영악하게, 때로는 늑대처럼 사납게, 또 때로는 호랑이 같은 위엄으로 양씨 가문의 일곱 식솔을 다스리는 철혈의 여제였다.

"어? 루하…… 아니, 정 소협께서 이런 누추한 곳엘 어쩐 일이세요?"

그 전에는 그냥 '루하 왔니?' 정도였을 인사말이 '정 소협'에 '누추한'까지 등장한다.

"그러지 좀 마시라니까요. 전처럼 대해 줘요. 민망하다고요."

"사람이 전과 같지가 않은데 어떻게 전처럼 대하겠어요? 더구나 우리 집 바깥양반의 든든한 우산이 되어 주실 분인데…… 설마 출세했다고 우리 집 바깥양반을 나 몰라라 하진 않으실 거 아니에요?"

곱게 눈까지 흘기며 대단히 사심 가득한 웃음을 던져 온다.

'아주 부담 팍팍 주시는구만.'

때론 웃는 얼굴이 더 무섭다는 걸 새삼 깨닫는다.

"아차차! 내 정신 좀 보게. 귀한 분을 이렇게 세워 두고. 어서 들어와요. 얘들아, 정 소협 오셨다!"

문을 활짝 열어젖히며 안을 향해 그렇게 외치자 열두 살 여자아이부터 다섯 살 사내아이까지 다섯 명의 아이들이 우르르 달려 나와 루하의 품에 안겨들었다.

"와! 루하 형!"

"루하 오빠! 보고 싶었어요!"

"형아! 힝! 왜 인제 왔쪄요? 형아는 나 안 보고 시포쪄요? 난 형아 무지무지 보고 시퍼쪄요."

해맑은 아이들의 환대에 루하는 다시금 쓴웃음을 베어 물었다.

과했다.

전에도 그리 데면데면한 사이는 아니었지만 이 정도로 살갑게 그를 환대하진 않았었다. 용돈이라도 몇 푼 쥐어주면 그제야 배실배실 웃으며 품에 안기던 녀석들이 며칠 안 본 사이에 태도가 이렇게나 달라졌다는 것은 분명 사전에 철저한 교육이 있었다는 뜻이었다.

슬쩍 이씨 부인을 보니 아니나 다를까 아이들을 보는 눈에 깃들어 있는 것은 귀여움이나 사랑스러움이 아닌, 분명 맡은바 임무를 충실히 해내고 있는 것에 대한 대견함이었다.

'에효, 누가 내조의 여왕 아니랄까 봐……'

두 손 두 발 다 들었다.

이렇게 현명한 처를 둔 양윤이, 게다가 관리로서의 수완도 뛰어난 그가 고작 하급 관리에 머물러 있었던 것을 보면 이놈의 나라가 정말 썩긴 썩었나 보다.

"근데 청이가 안 보이네요?"

루하가 양윤과 마주앉으며 물었다.

양청은 이제 열네 살이 된 양윤의 장남이었다.

"학당에 갔어요?"

"아니. 학당은 그만뒀네."

"예? 왜요? 혹시 사정이 많이 안 좋으신 거예요?"

"아니, 그건 아니고. 지금은 무도관에 다니네."

"예?"

"요즘 같은 세상에 공맹을 배운들 무슨 소용이겠나? 세상 한탄이나 하면서 살게 될 뿐이지. 밥벌이라도 하면서 살려면 붓보다는 검을 잡는 게 수월한 시절 아닌가?"

말은 그렇게 하지만 스스로가 학자의 길을 걸었던 사람이기에 어쩔 수 없는 아쉬움이 묻어나온다.

"아주머니 뜻이에요?"

"뭐, 그렇지."

역시 현명한 여인이다.

학자 집안의 장손에게 검을 들릴 결정을 하는 게 결코 간단할 리가 없다. 유연한 사고와 과감한 결단력이 필요한 일이다.

새삼 양윤이 아내 하나는 잘 얻었다는 생각이 든다.

무심결에 설란의 미래는 어떤 모습일까를 떠올려다보았다.

지식도 높고 지혜도 깊은 데다 남을 배려할 줄도 안다. 좋은 가문에서 곱게 자라서인지 구김살도 없고 동생을 위하는 것을 보면 정도 많다. 무엇보다 예쁘다.

이씨 부인과는 다른 느낌이긴 하지만 확실히 다시없을 좋은 아내감인 것만은 분명했다.

'그런 애를 데려가는 놈은 전생에 나라라도 구한 거야, 뭐야?'

하긴 설란의 짝이 될 정도라면 가문부터가 남다를 테니 전생에 나라를 구했다고 해도 그리 새삼스러울 것도 없다

생각하자니 배알이 뒤틀린다.

잘난 것들에 대한 열등감인지 소외감인지, 그도 아니면 어떤 다른 무언가인지…… 뭔지 모를 불쾌감이 가슴 밑바닥에서 꾸물꾸물거렸다.

'나 왜 이래? 걔가 언놈이랑 붙어먹든 그게 나랑 무슨 상관이라고?'

생각을 하자니 괜히 짜증만 난다.

역시 이럴 때는 그냥 생각을 않는 게 제일이다.

루하는 이내 고개를 세차게 저어 설란에 대한 생각 자체를 털어 버렸다.

때마침 양윤이 물었다.

"한데, 오늘은 어쩐 일이신가?"

어차피 조언을 구하고자 찾아온 길이었다.

루하는 도하연과 만난 일을 숨김없이 말했다.

"이천…… 냥?"

루하의 말을 듣던 양윤이 눈을 휘둥그레 떴다.

"예. 계약금으로 이천 냥을 주겠다더라구요. 게다가 하

남 길을 열면 다시 이천 냥을, 산동을 열어도 또 이천 냥을 준다던데요? 근데 말이 이천 냥이지 너무 큰돈이라서 뭔가 감이 안 온다고 할까? 암튼 이게 가당키나 한 거예요? 도국주 말로는 충분히 그만한 가치가 있기에 투자를 하는 거라던데, 정말 저한테 그만한 가치가 있긴 한 거예요?"

"음……."

이천 냥이라는 돈은 루하에게만 큰돈이 아니었다.

얏유에게두 감히 상상하기 힘든 거액이었다.

계약금 이천 냥이라는 말에 심장이 쿵 하고 내려앉을 지경이었다. 그런 한편으로 그런 어마어마한 제의를 받은 루하가 부럽기도 하고 이미 자신과는 다른 세상에 살고 있다는 것을 새삼 다시 깨닫기도 한다.

하지만 그래도 명색이 나라 공물을 관리했던 그였다.

이내 마음을 추스르고는 차분히 대답했다.

"내가 들은 바로는 삼원표국의 순이익이 대략 일 년에 천오백 냥 정도 된다고 하더군."

"예? 겨우 그것밖에 안 돼요?"

"겨우 그것밖에……라고 할 수준은 아니지 않나?"

순간 루하가 민망함에 얼굴을 붉혔다.

은자 한 냥에도 벌벌 떨던 그였다. 예전 같았으면 천오백 냥이라는 말에 놀라 뒤로 나자빠져도 몇 번을 뒤로 나자빠졌을 텐데 '겨우 그것 밖에' 라니?

'요즘 나 돈 개념 완전 없어졌지?'

하지만 어쩌겠는가. 천 냥, 이천 냥이 뉘집 개 이름처럼 들려오고 있는 것이 현실인 것을.

"하긴, 자네에게야 적게 보일 수도 있겠지. 하나 그것도 삼원표국이니까 그 정도지 만수표국만 해도 순이익이 그 절반에도 미치지 못하네. 거기에 예산 외에 표사 영입시에 따로 들어가는 돈까지 포함하면 순이익은 그보다 줄어들 것이네."

그러니 조철중이 준비한 은자 삼백 냥이 얼마나 무리한 것이었는지 알 만했다.

계약서에 적은 은자 일천 냥이라는 액수에 터무니없어 하던 길군평의 반응도 충분히 이해할 만다.

"근데 왜 삼원표국에선 저한테 그런 말도 안 되는 돈을 제시한 거죠? 표사 하나한테 표국의 일 년 벌이를 몽땅 가져다 바친다는 게 말이 안 되잖아요?"

"그야 자네에겐 그만한 가치가 있으니까."

"정말 제 몸값이 이천 냥이나 되는 거예요?"

"도 국주의 말대로 자네로 인해 하남 길이 열린다면 충분히 그만한 가치가 있지. 단순한 계산이지만, 흔히 표국에게 일성의 가치는 은자 천 냥에 비유되네. 물론 이는 일 년 순이익을 말함이지. 하나 그건 대개의 경우고 호북, 안휘, 하남은 많이 다르지. 호북과 안휘의 길을 여는 것이야 사실상 불가능한 일이니 논외로 하고, 하남만 따져보자면 그 가치는 은자 삼천 냥이네."

"삼천 냥이라면…… 하남 길만 열게 되면 삼원표국의 일 년 순이익이 천오백 냥에서 단숨에 사천오백 냥이 된다는 말씀이세요?"

"그것도 최소로 잡은 것이네. 거기에 더해서 산동을 열어 사성표국이 된다면, 사성표국이라는 이름값까지 붙어서 일 년에 육천 냥은 어렵지 않게 벌 수 있겠지. 다시 말해 하남과 산동을 열었을 때 자네에게 지급될 총액 육천 냥의 거금은 일 년이면 모두 충당할 수가 있다는 말이네."

일 년 벌이만 포기하면 삼원표국을 단숨에 지금의 네 배로 키울 수가 있다. 그러니 매년 루하에게 지급될 팔백 냥가량의 급여도 문제될 것이 없다.

"그럼 오히려 제가 너무 적게 받는 거네요? 일 년 벌이만 포기하면 내가 받는 급여를 제하더라도 매년 오천 냥 이상의 이익을 남기게 되는 거잖아요?"

"그건 또 그렇지가 않네. 하남 길을 열고 사성표국이 되고, 이 모든 건 어디까지나 희망사항이지 기정사실로 정해진 것이 아니지 않은가? 더구나 하남 길을 열어야 하는 일인데, 오히려 엄청난 모험이고 불확실한 도전이지. 그런 불확실성에 대한 투자로 계약금 이천 냥을 제시한 것이네. 삼원표국으로서도 결코 쉽지 않은 결정이었을 것이네. 성공하면 대박이지만 실패하면 표국 내 반발과 불신까지 겹쳐서 자칫 삼원표국의 근간마저 흔들릴 수가 있는 것이니 말이네."

"음……."

큰 위험을 감수하는 만큼 고수익을 얻는 거야 당연한 일이다. 그러니 단지 성공했을 때의 고수익만을 가지고 투자가 많았네 적었네 할 수는 없는 일이라는 뜻이다.

"그럼 아저씨가 보시기엔 어때요? 제가 삼원표국에 가면 정말 하남 길을 열 수 있을 것 같아요?"

"글쎄…… 그건 내가 대답할 수 있는 것이 아니네만? 나야 자네의 실력을 직접 눈으로 보지도 못했고 직접 보았다고 해도 나 같은 백면서생이 그 수준을 잴 수 있는 것도 아니지 않는가? 하남의 녹림도가 얼마나 강한지도 알지 못하고, 하다못해 삼원표국의 힘이 어느 정도인지도 모르는 내가 어떻게 그 일의 성사 여부를 판단할 수 있겠는가? 자네도 알다시피 내 전문 분야는 어디까지나 숫자 놀음이니 말일세. 그래서 말인데……."

양윤이 돌연 목소리를 은근하게 바꾸었다.

"······?"

"혹시 삼원표국으로 옮기게 된다면 말이네, 나도 좀 데려가 주지 않겠나?"

"예?"

"밥벌이라도 할 요량으로 쟁자수 일을 하는 거네만 이게 참 나랑 잘 안 맞는단 말이지. 그래서 이래저래 다른 일자리를 좀 알아보고 있는 중인데, 마침 삼원표국에 서기 자리가 하나 났다더군."

삼원표국의 연간 이익이나 그런 속사정에 빠삭했던 것도 사실 그 같은 이유에서였다.

"뭐, 나야 엄두도 못 내고 있었지. 욕심이야 나지만 삼원표국이 어디 아무나 들어갈 수 있는 곳이 아니지 않는가? 하물며 난 과거 전적도 있으니······."

그 과거 전적 때문에 삼원표국은 고사하고 지난번 만수표국에 서기 자리가 났을 때도 바로 퇴짜를 맞아야 했던 양윤이다.

"그래도 자네가 도 국주한테 한마디만 해 준다면 서기 자리 하나야 어떻게든 되지 않겠나?"

조심스럽고 조마조마한 표정으로 루하의 눈치를 살핀다.

그 모습을 보자니 왠지 웃음이 났다.

"풋!"

뭔가 내외가 죽이 참 잘 맞는다는 생각에 괜히 기분이 유쾌해진다.

"푸하하하하!"

결국 대소까지 터트렸다.

그 대소가 너무 뜬금없어서인지 움찔 놀라며 오히려 불안해하는 양윤이다.

"아니, 내 말은 꼭 그렇게 해달라는 건 아니고……."

루하가 손사래를 쳤다.

"아뇨. 아니에요. 제가 도울 수 있는 일이면 당연히 도와드려야죠. 삼원표국으로 가게 된다면 저도 옆에 아저씨가 계시는 게 한결 든든할 테고요."

"정말인가? 정말 그렇게 해 주시겠는가?"

대번에 얼굴이 환해지는 양윤이다.

"예. 말 한마디 하는 거야, 뭐 어렵겠어요? 그치만 너무 기대는 마시구요. 아직 삼원표국으로 가겠다는 결정을 내린 건 아니니까."

하지만 양윤 덕분에 당장 무엇부터 해야 할지 기준이 섰다.

안개가 껴 뿌옇던 머릿속이 깨끗해지는 기분이었다.

그 순간에 이미 계획도 세웠다.

'흐흐. 재밌겠는데?'

앞으로의 일을 생각하니 기대도 된다.

'역시 도움이 되는 양반이라니까.'

그냥 하는 말이 아니라 그에게 양윤은 부족한 부분을 채워 주는 정말이지 든든한 존재였다.

그래서 그 보답으로 한마디를 더 덧붙였다.

"혹시 제가 삼원표국으로 가지 않게 되더라도 아저씨는 제가 꼭 신경을 써 드릴 테니까 아무 걱정 마세요."

루하의 말에 양윤이 감격한 얼굴로 연신 고맙다는 말을 한다.

원하는 답을 얻은 루하가 이내 방문을 나서자 양윤이 대문 밖까지 따라 나왔다. 그 같은 양윤의 태도에 양윤의 처도 상황을 대강 파악하고는 아까보다도 더 부담스러운 눈웃음을 마구 뿌려댄다.

"형아! 또 와! 빨리 와!"

"오빠! 나 월병 만드는 법 배웠어요. 나중에 꼭 제가 만든 월병 먹으러 오세요!"

아이들은 마치 팔이 떨어져 나갈 듯이 손을 흔들어 댄다.

'일가족이 한통속이 돼서 아주 작당을 했구만.'

그래도 기분은 나쁘지 않았다.

오히려 금의환향해서 돌아온 고향집의 환대를 받는 것 같은 즐거움과 우쭐함이 있었다.

'이래서 역시 남자는 출세를 하고 봐야 된다니까.'

그렇게 루하는 기분 좋게 집으로 향했다.

第四章

너한테 마음이 있는 것 같던데?

그런데,

"너 얼굴에 대체 무슨 짓을 한 거야?"

애는 도대체 얼굴에다 무슨 짓을 한 것일까?

"내가 뭐?"

아직도 마음이 풀리지 않았는지 시큰둥하게 대꾸하는 설란이다.

"내가 뭐라니?"

어이가 없다.

"지금 그 얼굴을 하고 '내가 뭐?' 라는 소리가 나와?"

"내 얼굴이 뭐 어때서? 난 화장 좀 하면 안 돼?"

"야! 화장도 정도가 있지! 그게 무슨 화장이야? 떡칠이지! 너 지금 귀신같다고!"

아닌 게 아니라, 정말이지 분으로 떡칠을 했다.

눈은 죽은 시체처럼 푸르딩딩하고 입술은 닭이라도 잡아 먹은 듯이 시뻘겋다. 거기다 하얀 분은 또 얼마나 덕지덕지 발라 댔는지 이건 화장을 한 게 아니라 아예 무슨 탈을 쓴 것 같다.

'가만…… 그러고 보니 도 국주랑 닮았나?'

물론 어디까지나 제대로 된 화장이었을 경우를 가정하면 그렇다.

"너, 도 국주 흉내 낸 거야?"

"흉내는 무슨, 내가 왜 그 여잘 흉내 내?"

"흉내 냈는데 뭘. 흉내 냈잖아. 흉내 낸 거 맞구만, 뭘."

루하가 설란의 화장을 얼굴을 이리저리 뜯어보며 깐죽거리자 설란이 눈썹을 상큼 치켜 올렸다.

창피했다.

얄밉다.

뭐가 그리 재밌는지 히죽거리는 얼굴을 보고 있자니 울컥 화도 치민다.

그래서 버럭했다.

"그래! 흉내 냈다! 봄꽃처럼 화사하다며? 어른의 향기 같은 게 느껴진다며? 그래서 나도 한번 해 본 건데, 뭐? 그게 뭐 잘못 됐어? 흥! 이 여자 저 여자 아무한테나 다 예쁘다 그러고, 추하게 침이나 질질 흘리고, 무슨 남자가 그렇게 헤픈 건데?"

꼴사납다는 둥 지조가 없다는 둥, 한번 내뱉기 시작하자 도하연으로 인한 서운함들이 마구 쏟아져 나온다.

'이거 정말 질투 아냐?'

열다섯 소녀의 마음에 대해서는 잘 모르지만 그래도 이건 아무리 봐도 질투 같다.

어쩌면 도하연에 대한, 그 성숙함에 대한 어린 소녀의 단순함 시기심일지도 모르지만 어쨌든 쏟아내는 서운함들이 썩 기분 나쁘지가 않았다.

아니, 왠지 즐겁다.

그래서인지 설란의 그 해괴망측한 얼굴도 귀엽다. 가뜩이나 귀신같은 얼굴로 무섭게 흘겨 대니 이건 그야말로 오금이 다 저릴 판인데도 마냥 예쁘게만 보인다.

'나 좀…… 변태가?'

루하가 그렇게 히죽히죽 웃고 있기만 하자 서러움을 쏟아내던 설란이 원망을 담아 사납게 노려보았다. 하지만 이내 맥이 빠진다는 듯 작은 한숨을 내쉬고는 다시 동경 앞에 앉았다.

그리고 처량하게 이어지는 푸념.

"알아. 이상한 거 나도 안다고. 어차피 지우려고 그랬단 말이야."

수건에 물을 묻혀 화장을 닦아 내는 모습을 보니 왠지 모르게 조금 미안하다는 생각이 들었다. 가뜩이나 왜소한 어깨가 더 작아 보여서 괜히 측은하게도 느껴졌다.

그래서 한마디 툭 던졌다.

"앞으로 다시는 화장 같은 거 하지 마."

루하의 말에 설란이 다시 상큼 눈썹을 치켜 올리며 '그만큼 했으면 됐지 꼭 그렇게까지 말해야겠어?'라는 원망을 던져온다.

하지만,

"화장한 도 국주보다 화장 안 한 니가 백 배는 더 이쁘니까."

이어진 루하의 말에 설란은 이내 사슴 같은 눈이 되어 루하를 올려다본다.

왠지 모르게 심장이 쿵 하고 내려앉는 기분이었다.

고작 그 별거 아닌 한마디에 원망과 설움은 눈 녹듯이 사라지고 괜스레 부끄럽고 수줍다.

"칫. 나도 뭐, 이제 화장 같은 건 안 하려고 했는데 뭐……."

삐죽 입술을 내밀며 투덜거려 보지만 눈은 이미 초승달이고 입가에는 배실배실 미소가 걸려서 떨어지지 않는다.

화장을 지우는 손이 분주해졌다.

아까는 마치 걸레질하듯 신경질적으로 얼굴을 닦았다면 지금은 조심조심 닦는 중에도 이리저리 동경에 얼굴을 비쳐보는 모양새가 콧노래라도 흥얼거릴 판이다.

누가 여자의 마음을 복잡하기가 미로 같고 변화무쌍하기가 한여름 장마철과 같다고 했던가?

변화무쌍한 것은 맞지만 지금 저 모습은 너무 단순해서 실소가 날 지경이다.

루하는 그런 설란을 보면서 하나는 확실히 깨달았다.

'저 녀석 앞에서는 다른 여자 예쁘다는 말은 절대로 하면 안 되겠어.'

그것이 질투였든 시기심이었든 간에, 결국 이 모든 소란이 바로 거기에서 비롯된 것이니 말이다.

루하는 설란의 얼굴이 대충 정상을 찾아갈 때쯤 슬쩍 말문을 돌렸다.

"그리고 말이야, 내일 태원(太原)으로 떠날 거야."

루하의 말에 설란이 흠칫하며 루하를 보았다.

태원은 삼원표국이 있는 곳이었다.

"삼원표국과 계약하기로 결정을 한 거야?"

"아니. 그런 건 아니고, 몸값을 비싸게 쳐 주는 만큼 위험을 감수해야 하는 일이니까. 적어도 내 목숨을 맡길 곳이 어떤 곳인지 정도는 내 눈으로 직접 확인해 봐야 할 것 같아서. 결정은 그 다음에 해도 늦지 않으니까."

"하긴, 돌다리도 두들겨 보고 건너는 게 현명한 일이니까. 근데 어떻게 하려고? 그쪽 실정을 제대로 파악하려면 드러내놓고 움직이면 안 될 거 아냐?"

"잠입."

"잠입?"

"쟁자수로 들어갈 거야. 내가 제일 잘할 수 있는 일이니까 눈에 띄거나 의심받을 일도 없을 테고."

"근데 어떻게?"

"그건 네 전문이면서 어떻게긴 뭐가 어떻게야?"

설란이 바로 루하의 말뜻을 알아차렸다.

"그쪽 쟁두를 포섭하려고?"

"그렇지. 포상금으로 받은 돈도 두둑하고. 문제는 넌데……."

"내가 문제라니?"

"도 국주가 이미 네 변장한 모습을 봐 버렸잖아. 바로 들켜 버릴걸? 그렇다고 수염을 떼 버리면 더 주목을 받게 될 테고. 그래서 이번엔 나 혼자 가는 게 좋겠어."

"안 돼! 삼원표국의 실태를 정확히 파악하려면 표행에도 참여해 봐야 하는데, 그럼 짧게 잡아도 두 달인데 어떻게 너 혼자 둬? 그동안 네 몸에 무슨 일이 벌어질지 모르는 일인데? 내가 말했지? 상성의 묘리야 대강 정리가 됐지만 아직 상극의 묘리에 관해선 아무것도 밝혀진 게 없다고. 기운이 많아지면 많아질수록 그만큼 위험은 커질 수밖에 없어. 상극이 어떻게 영향을 미칠지 모르니까. 최악의 경우 주화입마에 빠진다고 해도 이상할 게 없는 상황이란 말이야. 그 위험성을 최소화 하자면 무조건 내가 옆에 붙어 있어야 한다고."

"하지만 지금은 어쩔 도리가 없잖아. 도 국주가 널 보는 순간 정체가 바로 들통 나 버릴 텐데."

루하도 이지긴하면 설란과 같이 있고 싶었다.

설란의 말대로 자신의 몸에 갑작스러운 변화가 생겼을 때 가장 믿을 수 있는 사람이 설란이기도 하거니와, 그동안 늘 붙어서 지낸 탓에 이젠 혼자가 오히려 어색하고 불편하고 또 불안했다.

하지만 어쩔 도리가 없다.

그들의 정체가 들통나 버리면 삼원표국 본연의 모습이 아닌 좋은 모습은 더 좋게 꾸며질 테고, 나쁜 모습은 아예 가려지고 숨겨져 볼 수가 없게 될지도 모른다.

그래서는 잠입하는 의미가 없지 않은가.

설란도 이를 알기에 잠시 고민하는 표정을 했다.

그러다 뭔가 단단히 결심을 한 듯 자신의 봇짐 꾸러미를 뒤적뒤적한다.

그리해 꺼내 든 물건은 사람의 얼굴 모양을 한, 뭔가 섬뜩하고 께름칙한 물건이었다.

"이……거 혹시 인피면구 아냐?"

죽은 지 세 시진이 넘지 않은 시체의 얼굴 가죽을 벗겨 특수한 약물 처리 과정을 거쳐 만드는 것이 인피면구다. 사람 얼굴 가죽을 그대로 쓰는 것이기에 최고의 변장 도구로 각광을 받고 있지만 그만큼 귀하고 값이 비싼 물건이라 아무나 쉽게 구할 수 있는 것이 아니었다.

"맞아. 인피면구야."

간단히 시인을 한 설란이 인피면구를 얼굴에 쓰고는 동경을 보며 만지작만지작거렸다.

그렇게 대략 반 각 정도가 지난 후 다시 루하에게로 돌려지는 얼굴은 더 이상 설란의 얼굴이 아니었다.

낯설지만 어디에서나 흔히 볼 수 있는 소년의 얼굴이 거기에 떡하니 앉아 있었다.

"우와! 이거 정말 감쪽같잖아!"

분명 설란인 줄 아는데도 설란이 아닌 것 같다.

자세히 들여다봐도 전혀 티가 안 난다.

이 정도면 그녀의 부모 형제라도 못 알아볼 것 같았다.

"이런 좋은 걸 가지고 있으면서 왜 그동안은 괴상한 털보 분장을 했던 거야?"

"엄연히 사람 얼굴 가죽이야. 죽은 자의 차가운 체온이 고스란히 느껴지는데 이런 걸 덮어 쓰고 싶을 리가 없잖아."

인피면구를 벗는 중에도 진저리기 치지는지 부르르 떨며 오만상을 찡그리는 설란이다.

그렇게 진저리 치게 싫은 걸 어쨌거나 자신 때문에 억지로 쓰겠다고 하는 설란이 미안하고 고맙다.

그런 한편으로 그녀가 물고 태어난 금수저에 대해 새삼 호기심이 일었다.

"너 혹시 말이야, 혹시 야명주 같은 것도 있어?"

"야명주?"

잠깐 고개를 갸웃거린 설란이 이내 봇짐을 뒤적뒤적 하더니 옥함 하나를 꺼낸다.

"이거?"

목함을 열자 어른 주먹만 한 크기의 연두색 둥근 구슬이 그 안에 있었다.

한눈에 보기에도 예사롭지 않았다. 게다가 풍문으로 들

어 알고 있던 것보다 훨씬 더 컸다.

"이게 야명주야? 밤에도 대낮처럼 환하게 보인다는?"

"대낮처럼은 아니라도 환하긴 하지. 혹시 어두운 밤에 너한테 무슨 일이라도 생기면 필요할 것 같아서 저번에 본 가에 연통을 넣어서 미리 준비해 뒀어."

"근데 이거 엄청 비싸지 않아?"

"엄청 비싸지. 특히 이건 밝기나 크기 면에서 야명주 중에서도 최상급으로 꼽히는 서장 남목림(南木林)의 야명주라 이거 하나면 어지간한 고루거각 한 채는 거뜬히 살걸?"

결코 과장이 아니었다.

야명주 자체가 워낙에 귀한 물건이라 엄지 손톱만 한 것도 어마어마한 고가에 거래된다고 알고 있었다.

"저기 말이야. 이것도 혹시나 해서 묻는 건데…… 혹시 천년삼왕이나 만년하수오 같은 건…… 당연히 안 가지고 있지?"

"당연히 안 가지고 있지. 아무리 의선가라고 해도 그런 신물은 쉽게 구할 수 있는 게 아니니까. 지금 가지고 있는 건…….."

설란이 또 봇짐을 뒤적여 주섬주섬 크고 작은 몇 개의 옥함을 꺼내 들었다.

그중 하나를 열자, 순간 진한 약향이 방 안을 가득 채웠다.

"이건 칠백 년 된 산삼이고 이건 교룡의 독각 가루, 이건 공청석유 여섯 방울이고 이건 백년화리의 피. 이 정도면 네가 주화입마에 빠지더라도 처치만 빠르면 충분히 완치시킬 수 있을 거야. 그 때문에 준비해 둔 거기도 하고. 그러니까 어떤 경우라도 난 반드시 네 옆에 있어야 해."

할 말을 잃었다.

벌린 입이 다물어지지 않는다.

장담하건데 지금 설란이 지니고 있는 물건들이면 삼원표국 정도는 아예 통째로 사고도 남을 것이다.

심장이 벌렁거렸다.

"야!"

뜨겁게 토해 내는 목소리는 가늘게 떨려 나왔다.

"……?"

지금까지와는 다른 루하의 목소리에 설란이 의아히 루하를 본다.

그런 설란을 향해 루하가 척 엄지손가락을 추켜세웠다.

"니가 도 국주보다 천 배, 아니, 만 배는 더 이뻐!"

*　　　*　　　*

개인적인 용무가 있어 두어 달 집을 비울 것이니
찾지 말 것.

　서찰 한 장만을 남기고는 훌쩍 떠나 버린 루하와 설란 탓
에 만수표국의 국주 조철중은 그야말로 아연실색 했다.

　"집을 비우다니? 그것도 두어 달이나? 대체 왜?"

　불안과 불길함으로 안절부절못하는 그의 손에는 전표 한
장이 들려 있었다.

　은자 일천 냥짜리 전표였다.

　루하가 봉천표국의 길군평에게 은자 일천 냥을 요구했다
는 말을 듣고 정말이지 고심 끝에 준비한 돈이었다.

　몇 번을 망설이고 갈등했는지 모른다.

　그런 망설임 끝에 피를 토하는 심정으로 은자 일천 냥을
들고 루하를 찾은 것인데 그 주인은 온데간데없고 문에 떡
하니 붙여져 있는 이 글귀는 대체 뭐란 말인가?

　"설마 벌써 봉천표국으로 가 버린 건 아닐 테지?"

　생각조차 하기 싫은 일이다.

　"그럴 리 없습니다. 봉천표국으로 간 것이라면 우리가
먼저 소식을 들었을 것입니다."

　봉천표국 쪽에도 이미 포섭해 둔 사람이 있었다.

　곡운성의 말에 한편으론 안도가 되지만 다른 한편으론

더 답답했다.

"그럼 대체 어디를 갔단 말인가? 더구나 두어 달 일정이라니? 이럴 줄 알았으면 차라리 봉천표국이 아니라 여기에다 감시를 붙여 놨어야 했는데……."

후회를 해 본들 늦었다.

봉천표국에서 루하를 노리고 있다는 게 사실로 드러나자 미리 심어 둔 감시마저 거둬들인 게 그였다.

그도 그럴 것이 루하 같은 고수를 상대로 어설픈 감시를 붙였다가는 들키기 십상이었다. 그로 인해 혹여 루하의 마음이 상하기라도 한다면 그거야말로 정말이지 돌이킬 수 없는 사태가 되어 버릴 수도 있다 판단했던 것인데, 오히려 그 신중함이 화를 불러일으키고 만 것이다.

심지어 그들은 전날 삼원표국의 표국주가 루하를 찾아왔던 것도 까마득히 모르고 있었다. 그러니 루하가 지금 삼원표국으로 향하고 있다는 것은 꿈에도 생각 못 하고 있었다. 만일 그걸 알았더라면 아마도 조철중의 안색은 지금보다도 더 절망적으로 변해 있었을지도 몰랐다.

조철중이 자책과 후회로 어찌할 바를 모르고 있자 곡운성이 말했다.

"지금은 일단 정 소협의 행방부터 찾아야 합니다. 길을 떠난 지 얼마 되지 않은 듯하니 지금 바로 사람을 풀면 충분히 찾을 수 있을 것입니다.”

“그래. 찾아야지. 반드시 찾아야 하고말고. 동원할 수 있는 건 다 동원해서라도 반드시 정 소협을 찾아야 할 것이네!”

절박한 만큼 명을 내리는 목소리도 급했다.

곡운성은 그 길로 사람을 풀어 루하와 설란을 수소문했다.

그러나 상황은 그들이 생각했던 것만큼 그리 잘 풀리지가 않았다.

못 찾았다.

인근 마을이며 길목 길목은 죄다 뒤졌는데도 도무지 종적을 찾을 수가 없었다.

그야말로 감쪽같이 사라져 버렸다.

아예 집을 나서는 것조차 본 사람이 아무도 없었다.

그도 그럴 것이, 둘 다 변장을 한 채로 길을 떠났기 때문이었다.

다만 한 가지 단서라면 양윤이었다.

분명 뭔가 짐작 가는 게 있는 듯한 기색이었다.

하지만 그래 봤자였다.

회유도 해 보고 협박을 해 봐도 모르쇠로 일관할 뿐이었다.

이건 도무지 입을 열지 않는다.

조철중이 직접 불러다 앉혀놓고 다그쳐도 눈썹 하나 꿈쩍하지 않았다.

'밥줄을 쥐고 있는 게 대체 누구라 생각하는 거야?'

대체 누구 밑에서 일하고 있는 건지 그마저도 헷갈릴 지경이다.

그렇다고 루하와 친분이 두터운 자에게 매질을 할 수도 없는 노릇, 덕분에 하루하루 피가 말라 가는 조철중이었다.

"흐흐. 지금쯤이면 아주 애가 바짝바짝 타고 있겠는걸?"

만수표국에서 어떤 일이 벌어지고 있을지 훤히 꿰고 있는 루하가 생각만으로도 재밌다는 듯 히죽거렸다.

그런 루하를 보며 설란이 핀잔을 주었다.

"남이 괴로워하는 게 그렇게 좋니?"

"남이 괴로워하는 게 좋은 게 아니라 나 때문에 괴로워하는 게 좋은 거지. 괴로워하는 만큼 내 몸값은 오를 테니까. 혹시 알아? 만수표국에서도 삼원표국만큼 몸값을 올려 줄지? 게다가 내가 뭐 일부러 괴롭히려고 그런 것도 아니잖아? 몰래 잠입하러 가는 건데 동네방네 떠벌리고 다닐 수는 없으니까 그런 거지."

정확히 행선지를 알리지 않은 것도 사실 루하 딴에는 나름 배려를 한 것이었다.

삼원표국으로 간다는 걸 알렸더라면 모르긴 몰라도 조철 중에게 있어 앞으로의 두 달은 정말이지 지옥이 되었을 테니까.

딱히 틀린 말도 아니기에 뭐라 더 반박은 않은 채 고개만 잘래잘래 내젓는 설란이다. 그런 설란을 보며 루하가 새삼 신기하다는 듯 말했다.

"근데 정말 감쪽같네."

"뭐가?"

"인피면구 말이야. 표정 하나하나 어떻게 이렇게 자연스럽지? 이미 알고 보는데도 너 아닌 것 같아서 한 번씩 깜짝깜짝 놀란다니까."

"달리 비싼 게 아니잖아. 금방 들통 날 정도로 허술한 거면 누가 비싼 돈 주고 이런 걸 구입하겠어?"

"하긴, 그건 그렇지. 비싼 건 비싼 값을 하기 마련이지."

"그나저나 넌 그걸로 괜찮겠어?"

"나?"

"고작 그런 변장으로 안 들키겠어?"

루하는 지금 설란이 했던 털북숭이 수염을 대강 붙여 놓은 상태였다.

"괜찮아. 이 정도면 충분해. 어차피 거기서 내 얼굴을 아는 사람이라고 해 봐야 도 국주뿐이니까. 원래 표국의 국주 란 자리가 쟁자수들 얼굴이나 살피고 그럴 만큼 한가한 자 리가 아니거든. 만수표국만 해도 내가 쟁자수 일 하면서 멀 리서나마 표국주 얼굴 본 게 몇 번 안 돼. 만수표국이 그런 데 삼원표국이야 오죽하겠어?"

"그래도 그 여자 눈썰미가 보통이 아닌 것처럼 보였는 데……."

"아, 글쎄 쟁자수한테는 눈길을 안 쥬다니까. 내가 이 바 닥에서 굴러먹은 게 얼만데 그래? 내가 다 알아서 할 테니 까 그런 걱정일랑은 붙들어 매셔. 게다가 이렇게 수염으로 얼굴을 반이나 가렸잖아? 제아무리 눈썰미가 좋다고 해도 절대로 안 들켜."

그런데 들켰다.

한 방에.

그것도 삼원표국의 문턱을 채 넘기도 전에.

하필이면 삼원표국의 정문 앞에서 도하연과 딱 마주쳤 고, 도하연은 단번에 수염에 가려진 루하의 얼굴을 꿰뚫어 버렸다.

"정 소협?"

*   *   *

도하연의 집무실.

뭔가 불편한 정적이 흘렀다.

도하연은 심중을 알 수 없는 눈길로 지그시 루하를 보고 있었고 루하는 연신 어색한 웃음만 흘렸다. 옆에서 설란은 그저 한숨만 푹푹 내쉰다.

"쟁자수 일을 보기로 하셨다고요?"

도하연이 툭 던지는 질문에 루하가 어색한 웃음에 민망함을 더하며 뒷머리를 긁적였다.

"혹시 저희 표국을 살피러 오신 건가요?"

"예. 뭐…… 어쩌면 제 평생을 맡겨야 할지도 모르는 곳인데 결정을 내리기 전에 어떤 곳인지 제 눈으로 직접 확인을 해보고 싶어서요."

"그럼 차라리 저한테 미리 말씀을 해주시지 그러셨어요?"

"그러면 의미가 없죠. 저는 어디까지나 삼원표국 본래의 모습을 보고 싶은 거니까요. 국주님께서 미리 알게 되면 제가 보게 될 삼원표국은 아무래도 본래의 모습과는 다르지 않겠습니까?"

루하의 마음을 잡기 위해 꾸미고 감추게 될 것이다.

"그래서 말입니다만……."

그렇게 덧붙이는 루하의 얼굴에는 어느새 어색한 웃음도, 민망함도 사라지고 없었다.

그래. 이왕 이렇게 된 거 당당하게 가는 거다.

어차피 더 아쉬운 쪽은 도하연이 아니던가.

"모른 척해주세요."

"예?"

"그래야 제가 삼원표국의 있는 그대로의 모습을 확인할 수 있을 테니까요."

부탁이 아니었다.

당당한 요구였다.

"제가 만일 따를 수 없다 한다면요?"

한식구가 될지 경쟁자가 될지 확실치 않은 상대였다.

삼원표국을 그대로 다 보여 준다는 것이 부담스러운 거야 당연했다.

루하가 어깨를 으쓱해 보였다.

"뭐, 자신이 없는 거라 생각해야겠죠. 그리고 저는 그 표국의 주인조차 못미더워하는 곳에 제 목숨을 맡길 만큼 도전정신이 강한 편은 아니구요."

거절을 한다면 삼원표국과의 계약 또한 없을 것이다.

루하는 그리 말하고 있었다.

잠시 말없이 루하를 보던 도하연이 이내 나직이 한숨을

내쉬었다.

어차피 루하가 말을 꺼낸 순간부터 선택의 여지가 없는 일이었다.

"알겠어요. 표국 사람들에게 정 소협에 대해서 함구하도록 하죠. 그런데 얼마나 계실 건가요?"

"한 번 정도는 표행에도 참여해 볼 생각입니다."

"음…… 꽤 길어질 수도 있겠군요. 당연히 표행에도 쟁자수로 참여하시는 걸 테죠?"

"예. 그렇죠."

"이분도 같이요?"

도하연의 지긋한 눈이 설란에게로 옮겨졌다.

지극히 평범하게 생긴, 그러면서도 눈매가 어딘지 낯이 익은 소년.

그렇잖아도 아까부터 계속 신경이 쓰였던 참이었다.

루하가 고개를 끄덕이자 도하연이 다시 물었다.

"혹시 뉘신지 여쭈어 봐도 될까요?"

"표운검인데요?"

이미 잠입이 들통 나 버린 마당에 숨길 필요가 없었다.

"예?"

"표운검이라구요. 전에 저희 집에서 한 번 보셨잖아요?"

"이분이 그때 그 표운검이시라구요?"

도하연이 새삼스러운 눈으로 설란을 본다.

여자가 아니었던 건가?

'수염으로 변장을 하긴 했지만 분명 여자라 생각했는데…….'

하지만 저 얼굴 어디에도 여자의 흔적은 보이지 않는다.

'내가 잘못 보았던 건가?'

도하연은 지금 설란의 얼굴이 설란의 진면목이라 생각하고 있었다. 그도 그럴 것이 그녀의 뛰어난 눈썰미로도 알아챌 수 없을 만큼 변장이 완벽하기도 했고, 또한 인피면구라는 것이 워낙에 진귀한 것이라 차마 거기까진 생각이 미치지 못하는 것이다.

그 바람에 꽤나 혼란스러워하는 도하연이다. 하지만 그건 기분 좋은 혼란이었다.

표운검이 남자라는 것.

삼절표랑과 깊은 유대감으로 묶여 있던 여인이 사실은 여자가 아니었다는 것이 그녀 스스로도 인식하지 못하는 사이 어떤 안도와 열망으로 다가온다.

그러다 흠칫 했다.

설란의 눈빛 때문이었다.

그녀의 마음속을 훤히 꿰뚫어 보는 듯한 눈으로 그야말로 '빤히' 보고 있다.

"……."

뭔가 치부를 들켜 버린 듯한 기분에 얼굴이 화끈거려왔다.

루하가 자리를 털고 일어선 것은 그때였다.

"저희의 뜻은 충분히 전한 듯하니 그럼 국주님을 믿고 이만 가 보겠습니다."

간단히 인사를 마치고 집무실을 나서려 하자 도하연이 급히 따라 나오려 했다.

그런 도하연을 루하가 막았다.

"쟁자수가 국주님의 집무실에 기웃거리는 것도 평범하지 않은 일인데 국주님께서 직접 배웅까지 나오시면 그거 모양새가 너무 이상하지 않겠습니까?"

그렇게 도하연을 뿌리치고 밖으로 나오자 설란이 뒤따라 나오며 슬쩍 던지듯 말했다.

"저 여자 단지 돈으로만 널 붙잡을 생각이 아닌 것일지도 몰라."

루하가 의아해 했다.

"돈으로만 날 붙잡을 생각이 아니라니?"

"너한테 마음이 있는 것 같던데?"

"뭐? 나한테? 그게 말이 돼? 이제 고작 얼굴 두 번 본 게 단데?"

"내가 보기엔 그래. 널 보는 그 여자 눈빛은 분명 다른 마음이 있는 듯한 눈빛이었으니까."

허튼소리를 할 설란이 아니다.

설란이 그렇게 보았다면 정말 그런 것일지도 몰랐다.

'도 국주가 나한테 마음이 있다고?'

좀 뜬금없고 어리둥절하긴 한데 그래도 기분은 좋았다.

그런 미인이 자신을 좋아한다는데 싫어할 남자가 어디 있겠는가.

하지만 그뿐이다.

"뭐, 그런 여자가 나한테 마음이 있을 리도 없겠지만 설혹 그렇다고 해도 관심 없어."

"왜? 언제는 봄꽃처럼 화사하다며? 어른스럽고 예쁘다며?"

"예쁘기야 하지. 너 만큼은 아니래도 누가 봐도 이쁜 건 이쁜 거니까. 그래도 이쁜 게 다가 아니잖아? 자꾸 보니까 뭔가 아니다 싶더라고. 뭐랄까…… 금방 질리는 얼굴이라고나 할까? 내 취향도 아니고. 나 사실 연상은 별루야. 아줌마잖아. 아줌마."

다분히 설란을 의식한 말이었다.

하루하루 배우고 익히고 성장하는 열일곱이라는 나이답게 설란 앞에서 다른 여자를 어떻게 평해야 하는지 벌써 깨우친 것이다.

덕분에 산서제일미라 불리며 뭇 사내들의 선망을 한 몸에 받던 도하연은 졸지에 금방 질리는 얼굴에 나이 많은 아줌마가 되어 버렸다.

그게 좀 미안하긴 했지만, 뭐 어떠랴? 안 듣는 데서는 나라님 욕도 한다는데?

아니나 다를까,

"흥! 주제에 취향은 또 까탈스럽네."

샐쭉 입술을 내밀며 핀잔을 주는 설란의 입가엔 이미 숨길 수 없는 웃음기가 히죽히죽 매달려 있다.

"아무리 그래도 그렇지, 아줌마가 뭐니? 어쩌면 앞으로 네가 모셔야 할 상전이 될지도 모르는데."

말은 도하연을 위하는 듯하지만 눈가에도 이미 웃음이 자글자글해서 그다지 설득력이 없다.

그런 설란을 보며 루하가 덧붙였다.

"게다가…… 나한테 마음이 있다고 해도 그건 진짜 나한테 마음이 있는 것은 아닐 테니까."

"……?"

"그런 대단한 여자가 한눈에 반할 만큼 내가 뭐 절세의 미남자도 아니고, 그렇다고 오랜 시간을 두고 정이 깊어진 사이도 아니고. 그런데도 나한테 마음이 있다는 건…… 그건 나한테 마음이 있는 게 아니라 홍염마수를 죽인 삼절표 랑한테 마음이 있는 거지. 나란 인간이 아니라 내가 가진 실력과 명성에 마음이 있는 거지. 내가 만일 사고를 당해 불구라도 되면, 그래서 실력과 명성을 모두 잃게 되면 언제 든지 돌아서 버릴 그런 얕고 약은 마음 따윈 나한텐 서 푼 의 가치도 없어."

이건 진심이었다.

청루에서 일하며 숱하게 보았다.

손님의 주머니 사정에 따라 달라지던 기녀들의 웃음을.

한없이 포근하고 한없이 따뜻했다가도 한순간에 한겨울 삭풍이 되어 버리던 그 값싼 웃음을.

그가 느끼기에 도하연의 마음이란 것도 그 기녀들의 거 짓 웃음과 크게 다르지 않았다.

루하의 말에 설란은 아무런 대꾸도 하지 못했다.

무덤덤하게 흘러나오는 말이 너무 차갑다.

철도 들기 전에 홀로 내던져져 마주해야 했던 세상의 차 가움이 그 무덤덤한 말 속에 고스란히 녹아 있었다.

가끔 이렇게 루하가 살아온 세상의 무게가 불쑥 심장을 파고들 때가 있었다.

예전에는 그냥 별 생각 없이 흘려들었던 그런 말들이 요 즘 들어서는 왠지 모르게 때때로 가슴을 먹먹하게 만들곤

한다.

"휴우……."

저도 모르게 그 먹먹함이 한숨이 되어 토해졌다.

"웬 한숨이야?"

남의 일인 양 별다른 감흥도 생각도 없이 말했던 루하로서는 설란의 한숨이 생뚱맞은 모양이었다.

설란이 먹먹한 마음을 털어내고는 급히 화제를 돌렸다.

"아냐. 그래서 이젠 어떡할 건데?"

"어떡하다니? 뭘?"

"그 여자한테 들키는 바람에 계획이 틀어져 버렸잖아."

"상관없어. 어차피 우리를 아는 건 도 국주뿐이고 도 국주만 입 다물면 되는 거니까. 내가 그렇게까지 신신당부를 했는데 설마 뒤에서 다른 수작은 못 부리겠지. 차라리 잘됐어. 그렇잖아도 이 수염 이거 나한테 어울리지도 않고 답답하기만 했었는데……."

루하가 털북숭이 수염을 아무렇게나 뜯어 내서는 던져 버렸다.

설란이 입술을 삐죽 내밀며 투덜거렸다.

"나한테는 들키면 큰일이라도 날 것처럼 굴더니만……. 그리고 그거 내 거거든?"

"원래 큰일을 하려면 그때그때 유연한 사고와 대처가 필요한 법이야. 이미 들켜 버린 걸 어쩌겠어? 주어진 상황에서 최선을 찾아야지. 그리고 이 수염 이거…… 뭐, 너도 이제 이딴 건 필요 없잖아? 너한테도 전혀 안 어울렸고. 좀 찝찝해도 그냥 계속 인피면구 써. 도 국주도 못 알아보는 것 보니까 확실히 인피면구가 좋긴 좋네."

"쳇. 말이라도 못하면…… 암튼 제멋대로라니까."

"그게 내 매력이지. 음…… 도 국주도 이런 내 매력에 빠진 건가? 말이 나왔으니 말이지만 두 국주한테 좀 미안하긴 하네."

"왜? 마음 못 받아줘서? 그럼 마음 돌려먹고 지금부터라도 한 번 잘해 보시지?"

"말했잖아? 내 취향 아니라고. 그것 때문에 미안한 게 아니라 아마 지금쯤 골치 꽤나 썩고 있을 것 같아서 하는 말이야."

"……?"

"아무리 평소에 통제가 잘되고 있다고 해도 표국이란 곳이 원래가 별 잡놈들이 다 모여 있는 곳이니까. 언제 어디서 어떤 사고가 발생한다고 해도 이상할 게 없는 일이지. 그러다 나한테 보이고 싶지 않은 모습을 보이게 될지도 모르고 말이야. 그렇다고 미리 단속을 하자니 내가 한 당부 때문에 그러지도 못할 테고. 차라리 몰랐다면 모를까, 내가 턱밑에서 눈에 불을 켜고 표국을 살피고 있다 생각하면 나란 존재가 아주 목에 걸린 가시처럼 느껴질걸? 그것도 두 달 내내 그럴 텐데 앞으로 얼마나 마음고생이 심하겠어?"

"근데 지금 넌 전혀 미안해하는 표정이 아닌데?"

미안해하기는커녕 얼굴 가득 짓궂은 웃음기만 가득했다.

"그야 뭐 엄밀히 말해 내 알 바는 아니니까. 솔직히 까놓고 말해서, 나 정도 인재를 얻는 일인데 그 정도 고생이야 당연한 거 아냐? 단지 돈 몇 푼으로 내 마음을 잡을 생각이었다면 그거야말로 도둑놈 심보지. 세상에 없는 진귀하고 값진 보석이 손쉽게 구해지는 것이라면 이미 그건 진귀하고 값진 보석이 아닌 거지. 구하기가 힘들고 어려우니까 귀하고 값진 것이고 그런 힘든 과정 속에서 쟁취했을 때에야 비로소 그 가치가…… 제대로…… 빛을…… 근데 너 뭐하냐?"

루하가 말을 하다 말고 어리둥절해 했다.

그도 그럴 것이 설란이 뜬금없이 그의 턱 밑에다 양손을 받치고 있었기 때문이다.

그런 루하의 물음에 설란이 슬그머니 손을 내리며 어깨를 으쓱해 보였다.

"아니 그냥…… 네가 하도 네 얼굴에 금칠을 해 대길래 혹시 금가루라도 떨어질까 해서. 근데 뭐, 떨어지는 건 침밖에 없네. 더럽게."

"······."

第五章

나 지금 삥 뜯긴 거야?

　"삼절표랑이 지금 이곳에 와 있단 말씀입니까? 그것도 쟁자수로?"

　삼원표국의 총표두 이지상(李祗上)이 놀란 얼굴을 했다.

　놀라기는 총관 담숭(譚嵩)도 마찬가지였다.

　그런 그들의 놀란 얼굴들을 보면서 도하연은 과연 그들을 부른 게 잘한 일인지 아직도 확신을 못 하고 있었다.

　아무에게도 알리지 말라 그렇게도 당부를 했던 루하였다. 총표두와 총관에게 그 사실을 알린 것이 루하에게 알려지면 삼원표국이 세운 그간의 계획과 원대한 꿈이 한순간에 물거품이 될 수도 있었다.

그럼에도 이들을 부르지 않을 수가 없었다.

표국이란 곳은 상단과도 다르고 무림 문파와도 달랐다.

워낙에 다양하고 자유분방한 사람들이 모여 있는 곳이었다.

상단에선 도둑질을 한 자의 손목을 자르기도 하고 무림 문파에선 기사멸조의 대죄를 범한 제자에게 사지단맥의 극형을 내리기도 하지만, 표국은 그저 표국에서 내치는 걸로 마무리를 지어 버린다. 가뜩이나 표국 간의 경쟁이 치열한 이때에 표국에서 상단이나 무림 문파처럼 엄격한 규율을 적용한다면 그 안에 남아 있을 표사들이 아무도 없을 것이기 때문이다.

그만큼 엄격한 통제가 사실상 불가능한 곳이었다.

그건 삼원표국이라고 크게 다르지 않았다.

아니, 오히려 실력 있는 표사들이 많은 만큼 다들 자존심이 강해서 통제에 더 애를 먹고 있는 것이 사실이었다.

그러니 도저히 손 놓고 지켜만 볼 수가 없었다.

그래서 이들을 불렀다.

그 개성 강한 삼원표국의 표사들을 지금껏 무리 없이 이끌어 온 총표두 이지상과 전대 표국주가 죽고 나이 어린 여인으로 주인이 바뀐 어수선한 상황에서도 표국 살림을 굳건히 지탱해 온 총관 담숭은 어떠한 경우에도 그녀가 믿고 의지할 수 있는 유이한 사람들이었으니까.

"두 분은 제가 삼절표랑에게 어떤 기대를 가지고 있는지 잘 알고 계실 거예요."

물론 알고 있다.

하남 길을 열고자 함을.

그리고 그것을 시작으로 저 작고 가냘픈 몸에 품고 있는 천하포부의 웅지를 떨치고자 함도.

거기에 절대적으로 필요한 인물이 산절표랑이었다.

총관 담숭은 과연 삼절표랑 하나로 그 일이 가능할지 아직 회의를 가지고 있었지만 적어도 총표두 이지상만큼은 그 가능성을 상당히 높이 보고 도하연을 적극 지지하고 있었다.

그도 그럴 것이 그는 과거 홍염마수 이우경을 직접 만난 적이 있었다.

십수 년 전, 그가 아직 초보 표사로 복룡표국(服龍鏢局)이란 곳에서 일할 때의 일이었다. 야심만만했던 복룡표국의 국주가 하남 길을 열기 위해 천중산으로의 표행을 강행했고 당연하게도 당시 천중산의 패주였던 홍염마수의 인왕채가 그 길을 막았다.

그리고 이어진 것은 전투라고 할 수도 없을 만큼의 참혹한 살육이었다.

표국주와 총표두, 표두 열둘, 표사 일흔여섯이 그 자리에서 떼죽음을 당했다. 살아남은 자가 그를 포함해 채 스물도 되지 않았다.

그날 보았던 홍염마수는 사람이 아니었다.

무시무시한 괴물이었고 잔혹무비한 사신이었다.

그날 입었던 상처가 아직도 등에 깊은 흔적으로 남아 가끔씩 불쾌한 쓰라림으로 그때의 공포를 떠올리게 하곤 했다.

그런 홍염마수를 죽인 삼절표랑이다.

삼절표랑이 나이 어린 쟁자수라는 이유로 더러 우연이었을 거라느니 방심의 결과라느니, 혹은 홍염마수의 실력마저 폄하하는 자들도 있지만 그가 아는 홍염마수는 결코 폄하받을 실력도 아니었고 단지 방심이나 우연으로 이길 수 있을 만큼 허술한 자도 아니었다.

그리해 삼절표랑에 대해 도하연에게 먼저 말을 꺼낸 것도 사실은 그였다.

그러니 삼절표랑이 이곳에 와 있다는 도하연의 말이 놀랍기도 하고 흥분되기도 했다. 그런 한편으로 안도했다.

"다행한 일입니다. 삼절표랑이 이런 식으로 우리를 살피려 할 거라곤 전혀 생각지도 못한 일인데, 그나마 국주님께서 미리 알아차렸으니 망정이지 자칫했으면 아무것도 모른

채 큰 실수를 범할 뻔 했습니다."

"하지만 상황이 나아졌다고는 할 수 없어요. 정 소협은 우리의 꾸며지지 않은 모습을 보기를 원하고 있고, 제게도 그 뜻을 분명히 밝혔어요. 그러니 지금으로서는 제가 할 수 있는 일이 없어요. 표국 식구들에게 정 소협의 신분을 밝힐 수도 없고 따로 주의를 줄 수도 없는 형편이죠. 두 분께 이런 말씀을 드리는 것조차 쉬운 결정은 아니었어요. 하지만 이건 아무리 생각해도 저 혼자 감당할 수 있는 일이 아니더군요."

"그래서 저희가 어찌하면 되겠습니까? 삼절표랑이 그렇게까지 당부를 했다면 저희도 함부로 나설 수 있는 상황은 아닐 터인데……."

"예. 일단은 그냥 지켜만 봐 주시되, 담 총관님께선 새로 예산을 좀 뽑아 주세요."

"예산이라 하시면?"

"정 소협에게 최대 얼마까지 더 지급 가능한지 알고 싶어서요."

"예? 하나 삼절표랑의 몸값이야 이미 정한 것이 아닙니까?"

"혹시 몰라서 그래요. 지금으로서는 여러 가지 변수를 생각해야 하는 상황이니까요."

"음…… 그렇다고 해도, 이미 정한 몸값도 우리로서는 충분히 무리한 금액이라 과연 거기서 더 올릴 수 있을지는…….”

"그래도 한번 새로 예산을 잡아 보세요.”

"……예. 한번 새로 예산을 뽑아 보겠습니다.”

담숭이 떨떠름히 이맛살을 찌푸렸지만 도하연의 명이기에 더는 토를 달지 않고 명을 받들었다.

"그리고 총표두님.”

도하연의 시선이 이번에는 이지상을 향했다.

"예. 하명하십시오.”

"총표두님께선 표사들 중에 말썽의 소지가 있는 자들을 선별해서 특별히 신경 써 주세요. 그렇다고 나서서 단속을 하라는 건 아니구요. 그냥 주의 깊게 지켜만 봐 주세요. 자잘한 소란 정도는 괜찮아요. 그 정도는 제가 어떻게든 무마를 시킬 수 있을 테니까요. 하지만 제가 무마할 수 있는 선을 넘어설 정도의 문제가 발생한다면, 그런 문제가 발생할 것 같으면 그땐 총표두님께서 직접 나서서라도 반드시 사전에 막으셔야 해요.”

"그러다 제가 정 소협의 정체를 알고 있다는 걸 들키게 되면 어찌합니까?”

"그래도 할 수 없어요. 정 소협에게 돌이킬 수 없는 죄를

범하는 것보다는 차라리 제 입이 좀 가벼워지는 쪽이 나으
니까요."

도하연의 지시는 담승에게도 이지상에게도 결코 쉬운 일
은 아니었다.

아니, 쉽고 어려운 걸 떠나서 이건 그야말로 아닌 밤중에
홍두깨가 따로 없다.

특히 이지상으로서는 졸지에 골치 아픈 상전 하나를 들
인 셈이었다.

'대체 이게 다 무슨 난리인 건지……'

잠입은 뭐고 쟁자수는 또 뭐란 말인가?

'악취미도 무슨 이런 악취미가 다 있냔 말이지.'

도하연의 명만 해도 그렇다.

말썽의 소지가 있는 자들을 선별하는 거야 어렵지 않다.
하지만 말썽의 소지가 있는 자들만 문제를 일으키란 법은
없지 않은가? 언제 어디서 어떻게 사고가 터질지 모르는데
무슨 수로 그걸 사전에 다 막는단 말인가?

덕분에 루하가 여기서 쟁자수 놀이를 하는 동안에는 꼼
짝없이 밤잠을 설치며 노심초사를 하게 생겼다.

'끄응……'

생각하자니 벌써부터 골머리가 지끈거리고 앓는 소리가
절로 나오는 이지상이다.

*　　　*　　　*

한편, 악취미로 이지상의 골머리를 앓게 만든 루하는 그 시각 어느 전각 앞에 서 있었다.

"여긴가?"

혜심청(惠心廳)이라 적힌 건물의 현판을 보면서 루하는 내심 감탄했다.

혜심청.

쟁자수들을 위한 숙소였다.

"이런 게 일류와 삼류의 차이로군. 쟁자수들의 숙식까지도 챙겨 주고."

만수표국에서는 상상도 못 할 일이다.

"이 정도면 뭐 따로 돈 들 일은 없을 테니 서른 냥을 투자한 게 아깝지가 않네."

그들이 쟁자수로 들어오기 위해 쟁두한테 찔러준 돈이 무려 서른 냥이었다. 삼원표국 쟁자수들의 벌이가 다른 표국에 비해 월등히 좋아 경쟁이 치열하기도 하거니와, 삼원표국을 보다 면밀히 살피자면 앞으로 도움받을 일이 많을 듯하여 좀 더 두둑이 챙겨 준 것이다.

"전혀 아깝지 않은 표정이 아닌데? 너 지금 얼굴 완전

똥 씹은 얼굴이거든?"

"그래! 아깝다! 한두 푼도 아니고, 아깝지 그럼 안 아깝냐! 아주 피눈물이 난다고! 도 국주한테 들킬 줄 알았으면 그냥 도 국주한테 쟁자수 자리 하나 알아봐 달랬음 공짜였을 거 아냐? 헛돈이 서른 냥이나 나갔는데, 서른 냥이면 내 지난 일 년 치 벌이보다도 많은 돈인데 어떻게 안 아깝겠냐고! 아니지? 그냥 지금이라도 도 국주한테 말해 볼까? 서른 냥도 돌려받고······."

"표국주 뒷배로 들어가면 그게 무슨 잠입이니? 금방 소문나서 다들 네 눈치 보기에 바쁠 텐데?"

하긴 그도 그렇다.

"에잇! 어차피 이렇게 된 거 밥도 준다니까, 여기 있는 동안 먹는 걸로라도 서른 냥어치를 뽑아내고 만다!"

마치 철천지원수에게 복수라도 다짐하는 양 뜨겁게 의지를 불태우는 루하를 보며 설란이 고개를 잘래잘래 저었다.

'당장 삼원표국과 계약만 해도 은자 이천 냥이 수중이 들어올 텐데 겨우 서른 냥 때문에 저러고 싶을까?'

어찌 보면 사람이 참 일관성이 있다 싶으면서도 어찌 보면 또 조금 찌질해 보이는 것도 사실이다.

그러거나 말거나 각오를 단단히 한 루하는 혜심청의 문을 열었다.

마침 안에서 루하보다 두어 살 어린 소년이 급한 걸음으로 뛰어나오고 있었다.

"이번에 새로 들어오신 쟁자수분들이시죠? 쟁두님께 이제야 연락을 받았네요."

"……?"

"아, 전 무진이에요. 목무진. 저도 쟁자수구요. 두 분은 앞으로 저랑 같은 방을 쓰게 될 거예요."

"쟁자수라고? 근데 나이가……."

"열세 살이요. 어리죠?"

어리다.

그것도 지나치게.

루하 역시 열다섯이라는 어린 나이에 쟁자수가 되긴 했지만 이곳은 삼원표국이었다. 조건이 좋은 만큼 경쟁이 치열한 곳이었고, 그런 만큼 이제 고작 열세 살의 어린 소년이 쉽게 들어올 수 있는 곳이 아니었다.

'우리처럼 쟁두한테 뒷돈이라도 찔러준 건가?'

그렇다고 하기에는 웃음이 참 밝아 보인다.

음지의 뒷거래와는 전혀 어울리지 않아 보이는 순박한 얼굴이다.

그런데 그런 루하의 생각을 읽은 모양이었다.

"저처럼 어린애가 어떻게 여기 쟁자수가 된 건지 궁금하신 거죠?"

"혹시 여기선 쟁자수를 뽑을 때 독심술도 특기로 쳐 주나? 그렇다면야 이미 설명은 된 건데……."

"독심술이요? 저, 그런 능력 없는데요?"

"근데 어떻게 내 마음을 그렇게 잘 읽어?"

"그야 새로 오는 쟁자수들마다 저만 보면 늘 묻는 말이 그거니까요. 근데 뭐, 특별한 건 아니에요. 원래 저희 아버지가 이곳에서 쟁자수 일을 하셨는데 작년에 병으로 돌아가셨거든요. 엄마도 몸이 좋지 않고 집안에 남자는 저 하나뿐이고, 표국주님께서 그런 저희 집 사정을 딱하게 여기셔서 저한테 아버지의 빈자리를 대신하게 해 주신 거예요. 그래도 태어날 때부터 표국 밥을 먹어 온 몸인 만큼 일은 웬만한 쟁자수들보다 제가 나아요."

특별한 건 아니라고 했지만 충분히 특별하게 느껴지는 사연이었다.

작년에, 그것도 열두 살 어린 나이에 부친을 잃었다.

보통은 쉽게 꺼낼 수 없는 아픈 기억일 텐데도 어깨를 으쓱하며 히죽 웃어 보이는 무진의 얼굴에는 조금의 그늘도 느껴지지 않았다.

"근데 뭐, 두 분도 그다지 삼원표국의 쟁자수에 어울릴 만한 나이들은 아니신 것 같은데요? 저보다는 형님들이시죠?"

루하가 고개를 끄덕였다.

"나는 열일곱. 얘는 열다섯. 너보다는 많지."

"그럼 앞으로 두 분께 형님이라 부를게요. 근데 어떻게 들어오셨어요? 쟁자수를 따로 뽑고 있는 것도 아니고……인맥이에요? 혹시 표사 중에 친인척분이라도 있으세요? 아니면……."

무진이 말을 하다 말고 슬쩍 눈치를 본다.

루하는 숨기지 않았다.

"밀전(密錢)."

밀전이란 쟁두에게 바치는 뒷돈을 가리켜 부르는 쟁자수들만의 은어였다.

비록 나이는 어리지만 태어날 때부터 표국 밥을 먹었다면 이미 이런 일에는 빠삭할 터였다. 게다가 눈치를 보아하니 전후사정을 대강 짐작도 하고 있는 것 같았다.

그러니 숨길 필요가 없다.

아니, 이런 순진한 녀석을 상대할 때는 차라리 솔직하게 털어놓는 편이 얻을 수 있는 게 많다는 걸 직감적으로 알고 있는 루하였다. 날 때부터 삼원표국 밥을 먹었다고 하니 무진을 통해 얻을 수 있는 정보들이 상당할 터였다.

그래서 짐짓 엄살까지 부리며 너스레를 떨었다.

"말도 말라고. 아무리 산서 제일 표국이라지만 무슨 밀전을 그렇게나 받아 처먹는지, 큰 표국에서 큰 도둑놈 난다는 말이 틀린 말이 아니더라니까. 이건 뭐 일자리 하나 얻으려고 땡빚까지 내야 할 판이니……."

루하가 이렇게 솔직하게 나올 줄은 미처 몰랐던 무진은 잠시 어떻게 반응을 해야 할지 모르겠다는 표정이었지만, 루하가 그렇게 너스레까지 떨어 주자 금세 편해져서는 히죽 웃으며 루하의 말을 받았다.

"그래도 그 돈이 전혀 아깝지 않은 게 우리 표국이니까요. 표행 한 번에 최소 출행비가 은자 석 냥이나 되잖아요. 다른 어떤 표국도 쟁자수들한테 이만큼 챙겨 주는 곳은 없을걸요?"

"뭐, 그렇긴 하지. 그래서 그 큰돈을 투자한 거니까."

"게다가 앞으로 사정은 더 나아질 테구요."

"사정이 더 나아지다니?"

"표국이 커지면 당연히 쟁자수들 벌이도 좋아지기 마련이잖아요."

잠시 말을 끊은 무진이 은밀한 눈빛과 은근한 어조로 덧붙였다.

"이건 우연히 총표두님 심부름을 갔다가 알게 된 비밀인데요, 표사들 중에도 아는 사람이 몇 안 돼요. 그러니까 어디 가서 절대로 얘기하면 안 돼요. 앞으로 같은 방을 쓰게 될 분들이고 해서 두 분께만 제가 특별히 말씀드리는 거니까…….”

뜸이 참 길기도 하다.

잠깐 울컥 치밀기도 했지만 뜸이 긴 만큼 궁금증도 커져서 무진의 말에 귀를 쫑긋 세웠다.

그런데, 긴 뜸 뒤에 무진의 입에서 흘러나온 이름은 너무도 뜻밖의 것이었다.

“삼절표랑 있잖아요.”

“뭐?”

여기서 자신의 이름이 튀어나올 줄은 상상도 못 했기에 어리둥절해하는 루하다.

난데없이 삼절표랑이라니?

“그 왜, 홍염마수를 죽인 삼절표랑 말이에요.”

“……삼절표랑이 왜?”

“놀라지 마세요. 그 삼절표랑이 곧 우리 표국 사람이 될지도 모른대요.”

“…….”

“자세한 건 모르지만 표국주님께서 어마어마한 조건으로 삼절표랑을 잡을 거라 그랬거든요. 그게 정말로 성사가 되면 표국이 커지는 거야 당연하죠. 삼절표랑만 있으면 우리 표국이 천하제일 표국인들 되지 못하란 법이 없잖아요.
안 그래요?"

"안 그럴걸?"

"예? 아니, 왜요?"

"왜요는 무슨. 삼절표랑이 무슨 정도십이천(正道十二天)
도 아니고, 그 혼자서 삼원표국을 무슨 수로 천하제일 표국
으로 만들어?"

"못 만들 건 또 뭐가 있어요? 홍염마수두 단매에 죽인
삼절표랑인데 그런 삼절표랑이 정도십이천보다 못한 건 또
뭐가 있는데요?"

조금 전까지만 해도 부처님 반토막 같던 녀석이 삼절표
랑에 대해서는 마치 사랑하는 정인이라도 되는 듯이 흥분
해서는 발끈한다.

"정도십이천이야 이름만 높았지 그들이 한 게 뭐 있어
요? 세상이 이렇게 흉흉한데도 자기들은 그저 깊은 산에
처박혀서 도나 닦고 불경이나 외는 게 전부잖아요? 그에
비하면 삼절표랑은 그 흉악하다는 홍염마수를 죽여 만수표
국을 구했잖아요. 하늘 무서운 줄 모르고 날뛰는 녹림의 도
적들에게 경종을 울린 것은 물론이고 도탄에 빠진 백성들
에게 희망도 안겨 줬구요. 정도십이천을 두고 정파 무림의
기둥이니 뭐니 하지만 정작 무림 정의를 실현한 건 바로 삼

절표랑이라구요!"

저잣거리에서, 혹은 주루에서 한잔 술의 안주거리도 떠들어 대는 소리야 많이 들었고 그런 칭송들을 일부러 찾아다니면서 즐기기도 했지만, 이렇게 자신의 얼굴을 똑바로 쳐다보며 자신의 얼굴에 금칠을 해 대니 이거 꽤 간지럽다.

물론 그 간지러움은 어디까지나 기분 좋은 간지러움이다.

'이 녀석…… 마음에 드는데?'

사실 첫인상은 별로였다.

순진무구한 얼굴도 별로였고 헤픈 웃음도 별로였다.

가볍지 않은 상처를 가지고 있으면서도 지나치게 밝은 것도 영 마음에 들지 않았다.

무엇보다 마음에 안 드는 것은 무진이 꽤나 미소년이라는 것이다.

뚜렷한 이목구비에 살짝 끝이 말려 올라간 입술은 전형적인 귀염상이고, 크고 맑은 눈망울과 살짝 아래로 처진 눈매는 순박해 보이면서도 어딘지 슬프고 또 어딘지 측은지심을 불러일으킨다.

뭐랄까, 그 반짝거림이 괜히 재수 없다고나 할까?

아무튼 그런 불쾌한 첫인상이 지금 이 순간 말끔히 사라졌다.

이런 칭찬.

이런 떠받듦.

입맛에 딱 맞다.

'뭐, 그렇다곤 해도 정도십이천은 좀 너무한 감이 있지만…….'

삼절표랑이 같은 쟁자수 출신이다 보니 이 어린 쟁자수의 마음속에서 영웅시되고 신격화된 건 알겠지만, 그래도 정파 최고의 고수들이라는 정도십이천을 가져다 붙이는 건 아무리 루하라도 양심상 좀 민망하긴 했다.

"좋겠네. 시작부터 이런 열렬한 추종자도 만나고. 정도십이천? 무림 정의 실현? 풋. 좀 있으면 세상을 구한 천하제일 고수도 되시겠는데?"

설란이 귓속말로 놀렸다.

"알아. 안다고. 나도 민망하니까 너무 그러지 말라고."

"뭐? 정말? 민망해할 줄도 아는 거야?"

"당연하지. 내 얼굴은 무슨 철과 돌로 만들어졌는 줄 알아?"

"아니었어? 난 또 하도 뻔뻔하길래 재질이 금강석 정도는 되는 줄 알았지."

"누차 말하지만 뻔뻔한 게 아니라 솔직한 거라니까. 이래 봬도 나, 부끄러운 건 부끄러워할 줄 아는 양심 있는 사람이라고."

그들이 그런 시답잖은 농지거리를 하는 사이, 무진의 안
내를 따라 어느덧 숙소에 도착했다.

작은 방이었다.

작은 방에 침상 네 개가 다닥다닥 붙어 있었다.

"뭐가 이리 좁아?"

루하가 바로 얼굴을 구겼다.

"아무리 쟁자수들 숙소라지만 이건 너무 좁은 거 아냐?
이게 무슨 방이야? 무덤이지."

무던한 설란마저도 눈살을 찌푸릴 정도로 네 개의 침상
을 제외하고는 걷기도 불편할 지경이었다. 그야말로 잠만
자도록 되어 있는 공간인 것이다.

"원래 다 이런 건 아니에요. 다른 쟁자수들 방은 이것보
다는 그래도 좀 넓어요."

"그럼 다른 쟁자수들 방으로 바꿔 달라 그래."

"엄연히 고참 쟁자수들이 쓰고 있는 방인데 그걸 신입
쟁자수한테 내어줄 리가 없잖아요?"

"그럼 넌? 일한 지 일 년이면 그래도 네 밑으로 좀 있지
않아?"

"저야 뭐 막내잖아요. 워낙에 나이가 어리니까요."

"쳇! 어딜 가나 나이로 줄 세우는 건 똑같네. 그럼 여기

우리 셋이서 지내는 거야? 남은 침상은 빈 거고? 그동안 너 혼자서 지낸 거야?"

"예. 사실 그동안 혼자서 심심했었는데 형님들 덕분에 말동무가 생긴 거죠. 형님들 오신다기에 얼마나 반가웠는지 모른다고요. 나이 차도 별로 안 나고. 저 지금 무지 행복해요."

참 언행일치의 표본과도 같은 녀석이다.

정말로 행복한 얼굴을 하고 있다.

'그 말동무가 존경해 마지않는 삼절표랑인 걸 알면 아주 눈물이라도 쏟을 판이로군.'

살짝 반응이 궁금해지긴 했다.

입도 근질근질했다.

하지만 참았다.

'나란 사람, 그렇게 분별없이 자랑질이나 해 대는 그런 경박한 사람은 아니니까.'

지금은 어디까지나 잠입과 실태 조사라는 본분에 충실할 때다.

"그래서 우리 침상은 어느 거야?"

"여기가 제 침상이구요. 두 분은 남은 침상 아무거나 쓰시면 돼요. 그리고 침상 밑에 보시면 수납 공간 있죠? 가져온 옷가지나 짐은 거기에 넣어 두시면 돼요."

무진의 도움을 받아 대강 짐을 풀었다.

워낙에 공간이 협소해서 짐을 풀고 정리하는 것도 만만 치가 않았다.

짐 정리를 마치고 나자 절로 한숨이 나온다.

창문 하나 없는 이 무덤 같은 방 안에서 두 달을 보낼 생 각을 하니 벌써부터 가슴이 답답해 왔다.

'아니, 쟁두 그 인간도 그렇지. 서른 냥이나 가져다 바쳤 으면 묵을 방 정도는 괜찮은 걸로 마련해 줘야 하는 거 아 냐? 스무 냥이면 충분할 걸 내가 왜 서른 냥이나 쥐여 줬다 고 생각하는 거야? 이거야 원, 아무리 세상이 온통 도둑놈 들 천지라지만 도역유도(盜亦有道)라고, 도둑에게도 도리라 는 게 있는 법인데 이건 너무 도리에 어긋난 것 아니냔 말 이지. 은자 서른 냥에 대한 대가가 너무 저렴하잖아!'

훗날 삼원표국에 정식으로 들어오게 된다면 그 개념 없 는 쟁두부터 족쳐 버리리라!

단단히 마음먹는 루하다.

하지만 정작 쟁두보다 더한 도둑놈은 따로 있었다.

그렇게 맞은 삼원표국의 불쾌한 첫날밤에 그를 더욱 불 쾌하게 하는 도둑놈이 문을 두드린 것이다.

"뭐……라구요?"

루하는 문 앞에 서서 거만하게 자신을 내려다보고 있는 사내를 황당하다는 듯 바라보았다.

나이는 대략 이십 대 중후반, 루하도 키가 작지 않은 편인데도 고개를 꺾어서 보아야 할 정도로 키가 크고 한 덩치 하는 사내가 꽤나 위협적인 표정으로 눈을 부라린다.

"사람 말 못 알아들어? 표사 나으리들에게 진상할 선물을 사야 해서 일 인당 이백 문씩을 걷고 있다니까!"

뒤에 졸개 두 놈까지 거들거리며 위협을 해대는 꼴이 이건 그야말로 동네 양아치들이 따로 없다.

당연히 그런 위협이 통할 리가 없다.

가소롭기만 했다.

루하는 사내를 빤히 보면서 여전히 납득 못 하겠다는 투로 물었다.

"그러니까 표사들한테 선물을 왜 진상하는 건데요?"

"그야 관례니까. 표행에 앞서 이번 표행도 무사히 잘 부탁드린다는 의미로 쟁자수들이 돈을 모아 선물을 하는 건 우리 삼원표국만의 아름다운 관례란 말이지."

"그게 무슨 아름다운 관례예요? 그냥 착취지!"

"뭐? 착취?"

순간 사내가 다짜고짜 루하의 멱살을 와락 잡아챈다.

"이게 어따 대고 말을 함부로 하는 거야! 신입 주제에 돌아가는 사정을 잘 모르면 그냥 닥치고 돈이나 낼 것이지 어디서 함부로 주둥이를 놀려! 뒈지고 싶어 환장했어? 앙?"

얼떨결에 멱살을 잡힌 루하는 정말이지 황당하고 어처구니없었다.

'가뜩이나 기분 꿀꿀해 죽겠는데 이게 아주 오늘 날을 잡는구나.'

처지가 처지다 보니 시끄러워지는 것은 원치 않았지만 그렇다고 별것도 아닌 놈한테 멱살까지 잡히고 참을 만큼 그리 인내심이 강한 편도 아니었다.

게다가 딱 보기에도 질이 나쁜 자들이다. 이런 부류들은 한 번 얕보이면 한없이 귀찮게 굴 게 뻔했다. 차라리 그럴 바에야 좀 시끄러워지더라도 일찌감치 한 번 엎어 버리고 서열 정리를 확실히 해 두는 편이 나았다.

그렇게 마음을 먹은 루하가 막 사내의 면상에다가 주먹을 박아 버리려는 직전이었다.

무진이 끼어들어 멱살 쥔 사내의 손을 풀어냈다.

"에이, 행수님께서 참으세요. 이제 첨 들어온 신입이잖아요. 아무것도 몰라서 그런 거니까 제 얼굴을 봐서라도 이번만 너그럽게 넘어가 주세요. 제가 잘 가르칠게요. 그리고 이건 제 거랑 이 형님들 몫까지 육백 문. 맞죠?"

이 질 나쁜 사내들에게도 무진의 맑은 웃음은 통하나보

다.

"큭! 내 무진이를 봐서 이번만은 참고 넘어간다마는, 앞으로 조심해! 신입이라 잘 모른다고 다 용서가 되는 건 아니니까. 여기서 밥 벌어먹고 싶으면 처신 똑바로 하란 말이야!"

사내가 루하를 사납게 째려보고는 비릿한 웃음을 흘리며 돌아섰다. 그렇게 돌아서서도 성이 다 안 풀리는지,

콰앙!

문짝이 떨어져라 쾅 닫아 버린다.

"저게 정말!"

순간 다시 울컥한 루하지만 어느새 그의 손목을 잡고 있는 무진 때문에 쫓아나가지는 못했다.

루하가 무진의 손을 뿌리치며 마뜩찮다는 듯 물었다.

"니가 그 돈을 왜 내?"

"괜히 행수랑 문제 일으켜봐야 좋을 게 없으니까요. 그리고 어차피 떼먹으실 건 아니잖아요?"

그렇게 말하며 무진이 히죽 웃었다.

참 사람 맥 빠지게 하는 데는 탁월한 재주가 있다.

"당연히 안 떼먹지. 내가 저딴 놈들이랑 같냐?"

루하가 금낭을 열어 설란의 몫까지 사백 문을 건넸다.

"근데 대체 저 인간들은 뭐야? 행수는 또 뭐고?"

예전에는 행수란 직책이 따로 있어서 표행을 전반적으로 책임졌지만 요즘은 총표두와 표두들이 호위와 관리를 모두 맡아 하기에 상단이나 기루에서나 쓰지 표국에서는 잘 쓰지 않는 호칭이었다.

　"그렇다고 저딴 녀석이 정말 행수일 리는 없고. 쟁자수 아냐?"

　"쟁자수 맞아요. 근데 뭐 마땅히 부를 호칭이 없어서 그렇게들 부르는 거예요."

　"그럼 행수란 게 정식 직급은 아니란 말인데, 대체 저 인간 정체가 뭐야? 그리고 표사한테 진상을 한다느니 선물을 한다느니 하는 건 또 뭐고? 나도 표국 밥 제법 먹은 몸이지만 그딴 개통 같은 관례는 들어 본 적도 없다고."

　"그게…… 설명하자면 좀 복잡한데……."

　"그럼 간단히 설명해."

　"음…… 여기 표두 중 한 분이 저 행수랑 처남매부지간이거든요. 쟁쟁한 뒷배에, 보셨다시피 기골도 장대하고 힘도 장사인 데다 무공까지 익혀서 막무가내로 굴어도 아무도 뭐라 말 못 해요. 쟁두 어른조차 행수 눈치를 볼 지경이니 말 다했죠, 뭐."

　"저 기골에 힘도 장사고, 무공까지 익혔는데 왜 표사를 안 하고 쟁자수질이나 하고 있는 거야?"

"저 성질 머리에 무공이라고 진득하게 익혔겠어요? 기껏 무도관에서 몇 달 배운 게 다니 표사를 할 수준은 아닌 거죠. 사실 여기서 표사 시험도 쳤었대요. 근데 뭐 우리 표국이 표사 선별에는 워낙에 엄격해서 장 표두님 뒷배로도 어림도 없었던 거죠."

"그래서 그 표두 매형이 쟁자수로라도 들이밀어 준 거군."

"예. 아까 그 관례라 것도 원래부터 있었던 게 아니라 삼년 전에 행수가 들어오면서부터 생긴 거예요. 말은 표행 중에 표사들 신경이 많이 날카로워져서 쟁자수들을 힘들게 하는 경우가 더러 있으니까 미리 사전에 약을 친다 어쩐다 하지만 실상 그 선물들은 표사들한테 가는 게 아니라 장 표두님한테 가는 거구요."

"뭐? 쟁자수한테 걷은 돈이 표두 하나한테 다 간다고? 얼핏 보니까 지금 이곳에서 살고 있는 쟁자수만 해도 오십명은 넘어 보이던데……."

"형님들까지 포함해서 딱 육십 명이에요. 그 외에 쟁자수가 더 필요할 때는 임시로 인원을 외부에서 충당하구요."

"육십 명에 일 인당 이백 문이면 그게 다 얼마야?"

"은자 열두 냥."

설란의 대답이 바로 튀어 나왔다.

루하가 어이없어했다.

"삼원표국쯤 되면 표행이 한 달에도 몇 번이나 있을 텐데……."

"표행 때마다 다 걷는 건 아니구요. 장 표두님이 출행할 때나 이런저런 이유를 붙여서 한 달에 두 번 정도 걷어요."

"한 달에 두 번이라 해도 은자 스물넉 냥이라고! 매달 꼬박꼬박 스물넉 냥이 그 표두 주머니 속에 들어간다는 거 아냐? 이건 명백한 비리잖아? 그래도 명색이 산서 제일 표국인데 이런 말도 안 되는 비리가 삼 년이나 자행되어 왔다는 게 있을 수 있는 일이야?"

"물론 우리 표국이 다른 표국들에 비해 표사들 관리가 엄격한 건 사실이에요. 그 돈이 고스란히 장 표두님에게 들어갔다면 벌써 문제가 되었겠죠."

"뭐야, 그럼? 그 돈이 표두한테 간 것도 아니라는 거야?"

"확실한 건 아니에요. 짐작만 하는 거지. 가끔 명절 때나 한 번씩 장 표두님께 술이나 약 같은 걸 선물하기도 한다는데 그것도 뭐 걷어 들이는 돈에 비하면 보잘것없는 것들이었다고도 하고, 행수님이 혜원루의 매향이와 두 집 살림을 차렸다느니 그 집 곳간에 값비싼 비단이며 소금이 가득

차 있다느니…… 아무튼 여러 가지로 말이 많아요. 근데 뭐 어쩌겠어요? 장 표두님은 삼원표국에서만 십 년이 넘게 계셨던 분이고 행수랑은 달리 인품도 좋아서 따르는 표사들이 무지 많은데. 이런 일 까발렸다간 괜히 장 표두님 이름을 더럽혔다고 표사들한테 미움만 받게 될 뿐이죠. 그럼 여기선 더 이상 일 못 하는 거구요. 그럴 바에야 한 달에 사백 문 정도는 그냥 없는 셈 치는 거죠. 그 돈 빠져도 다른 곳 가는 것보단 훨씬 벌이가 좋으니까요."

무진의 말에 루하는 한 마디도 하지 않았다. 하지만 한 마디 한 마디 이어질수록 그의 표정은 점점 굳어지고 사나워졌다.

"그러니까 관례니 진상이니 하는 건 다 개소리고 쟁자수들한테 걷은 돈이 죄다 아까 그 행수란 놈의 주머니로 들어간다는 거 아냐?"

이건 관례여서, 그래서 표사들에게 진상되는 거랑은 완전히 다른 의미였다.

하다못해 장 표두란 자에게 들어간다면 그건 그것 나름대로 문제지만 그래도 그러려니 할 수 있다.

하지만 이건 근본적으로 다른 문제였다.

"그러니까 뭐야? 지금 나, 그 개떡 같은 자식한테 삥 뜯긴 거야?"

그랬다.

뻥.

그것이 바로 지금 루하를 참을 수 없는 분노로 몰아가고 있는 이유였다.

第六章

너, 오늘 좀 맞자!

"독헐반미(毒歇反尾)!"

쾅!

루하의 손에서 목검이 산산이 부서져 사방으로 흩어졌
다.

자루조차 남지 않은 텅 빈 손을 탁탁 털어 내고는 설란에
게 손을 내밀었다.

"하나 더 줘!"

"이제 그만하지? 벌써 열여섯 개째야. 기껏 기를 목검에
담을 수 있게 되었는데 이렇게 막 뿌려 대면 그동안 힘들게
익힌 감각마저 흐트러져 버릴지도 모른단 말이야."

"그럼 어떡해? 이렇게라도 하지 않으면 아주 화딱지가 나서 미쳐 버리겠는데? 젠장! 그러니까 내 검을 가져왔어 야 했어! 자꾸 부서지니까 몸 좀 풀려고 해도 중간에 맥이 뚝뚝 끊겨 버리잖아. 그냥 지금이라도 철검 하나 사서 새로 만들까?"

"그러니까 그동안 고생해서 익힌 감각을 한순간에 날려 버릴지도 모른다니까. 이깟 일 정도로 왜 그렇게 흥분해? 그렇게 고운 세상 살아온 거 아니라며? 그럼 이것보다 더 심한 일도 당해 봤을 거 아냐?"

"당연히 당해 봤지. 온갖 서럽고 부당한 일, 입에 담기도 더러운 일, 다 당해 봤지! 그래도 살면서 누구한테 삥 뜯겨 본 적은 단 한 번도 없다고! 아, 생각하니까 또 열 받네! 그 딴 쓰레기 같은 놈이 감히 내 돈을 삥 뜯어?"

내가 그딴 놈한테 삥을 뜯겼다고?

내가?

이 정루가?

하하! 그게 말이 돼?

이게 있을 수 있는 일이야?

"도 국주조차 내 앞에서 설설 기는 판에 그딴 놈이 감히 나한테서 삥을 뜯어 갔다니까!"

말을 하다 보니 점점 더 열이 오른다.

참다못한 루하가 설란에게서 다시 목검 한 자루를 빼앗듯이 집어 들었다. 그리고 지금까지보다도 더 사납게 목검을 휘둘렀다.

그런 루하의 모습은 분노를 넘어 거의 정신이 붕괴되어 가고 있는 듯한 느낌마저 들었다.

'하아……'

설란은 그저 한숨만 나올 뿐이다.

한 번씩 느끼는 거지만 정말이지 자기 것에 대한 애착이 지나치게 강하다.

손해 보는 걸 죽기보다도 싫어한다.

옆에서 보고 있자면 사람이 참 좀스러워 보일 지경인데 왜 저런 모습이 밉지가 않은지 모르겠다.

'그래도 이런 지경이라도 앞뒤 분간 정도는 할 줄 아니까 다행이지……'

아까만 해도 당장에 쫓아가서 행수 마대웅(馬大雄)이란 자를 아주 요절을 내 버릴 것 같았는데, 화가 난 와중에도 이곳에 온 본분은 잊지 않고 여기서 이렇게 목검으로 대신 화풀이를 하고 있는 것이다.

'뭐, 그래 봤자 행수란 자의 앞날이 그리 순탄치는 못할 테지만.'

뒤끝 작렬에 쪼잔하기로는 그녀가 아는 모든 사내들 중

단연 첫손에 꼽히는 루하다.

'왜 하필이면 이런 애를 건드려서는…….'

그것도 하필이면 가장 금기시해야 할 돈 가지고 장난질을 쳐 댔으니 이대로 조용히 넘어갈 리가 없었다.

모르긴 몰라도 루하가 삼원표국과 정식 계약을 체결하는 순간 피의 응징이 시작될 것이다. 설혹 삼원표국과의 계약이 불발되더라도 마대웅만큼은 무슨 수를 써서라도 이 바닥에 두 번 다시 발을 못 붙이도록 만들고야 말 것이다.

아니,

"청룡출수(靑龍出水)!"

콰앙!

어쩌면 연신 산산이 부서져 가루가 되어가고 있는 저 가없은 목검들이 바로 마대웅의 미래가 될지도 몰랐다.

'하필이면 저런 애를 건드려서는…….'

이젠 마대웅이 불쌍하다는 생각까지 드는 설란이다.

한편, 그 무렵 마대웅은 자신의 앞날에 어둠보다도 짙고 나락보다도 깊은 핏빛 구름이 몰려들고 있다는 것도 모른 채 오늘 걷은 수금액을 두고 심각한 고민에 빠져 있었다.

"일단 이걸로 매향이 년한테 금가락지라도 하나 사 줘야 하겠지? 고년 고거 수금하는 날은 또 귀신같이 알아서 금가락지라도 하나 안 사 들고 가면 아주 난리를 칠 테니……."

문제는 요즘 눈여겨봐 두고 있는 혜월루의 앵화였다.

매향이가 이미 잡은 물고기라면 앵화는 이제 새롭게 잡고 싶은 물고기였다.

그런데 도무지 잡힐 기미가 없었다.

콧대가 어찌나 높은지 전혀 틈을 주지 않았다.

"고년 콧대에 금가락지 정도로는 어림도 없을 테고, 금비녀 정도는 안겨 줘야 손이라도 한 번 잡아 볼 텐데 말이야."

이번에 수금한 걸로는 조금 부족하다.

작은 금비녀라도 하나 사려면 적어도 열 냥 정도는 더 있어야 했다.

그렇다고 집안 금고를 열기는 아깝고.

"이참에 수금액을 백 문 정도 더 올려 버릴까?"

하지만 이내 고개를 저었다.

가뜩이나 쟁자수들 사이에서 슬금슬금 불만들이 흘러나오고 있는 시점이었다.

수금하는 날이면 군말 없이 주머니를 열던 쟁자수들이었건만 요즘 들어서는 못마땅한 태도를 보이는 자들이 더러 있었다.

지금이야 권력과 폭력으로 그러한 불만들을 억누르고 있지만 여기서 수금액을 더 올린다고 하면 자칫 통제 불가능한 상황을 초래하게 될지도 몰랐다.

아무리 돈독이 올라 있는 마대웅이지만 그 정도 분별력은 있었다.

"이것들이 말이야, 대삼원표국에서 일하고 있는 것만으로도 감지덕지할 것이지 말이야. 누구 덕분에 밥 벌어먹고 있다고 생각하는 거야? 고작 돈 몇 푼에 은혜도 모르고 말이야."

그러고 보니 문득 이번에 새로 들어온 신입 쟁자수들이 떠올랐다.

신입 쟁자수들을 떠올리자 마대웅의 인상이 절로 사납게 변한다.

겁도 없이 노골적으로 싫은 내색을 팍팍 하던 녀석이 특히나 더 그를 불쾌하게 했다.

"나이도 어린 놈이 건방지게!"

새삼 후회가 된다.

"그런 자식은 아주 초장에 버릇을 단단히 고쳐 놓아야 하는 건데……."

차라리 그 자리에서 한바탕 드잡이질을 했더라면 다른 쟁자수들에게도 좋은 본보기가 될 수 있었을 것이다.

하지만 무진이 말리는 바람에 차마 그럴 수가 없었다.

무진은 그에게도 좀 껄끄러운 존재였다.

무진이 귀여워서가 아니었다.

죽은 무진의 부친 일로 인해 표국주가 특별히 무진을 신경 써 주고 있기 때문이었다.

"하긴, 급할 건 없지. 시간이야 많으니까."

기회를 봐서 언제고 반드시 손을 봐 주리라!

그리해 세상의 무서움을 뼈저리도록 느끼게 해 주리라!

그렇게 단단히 각오를 다졌다.

그런데 그 기회가 의외로 빨리 찾아왔다.

바로 그 순간 수하 하나가 방문을 연 것이다.

"행수님, 방금 쟁두 어른한테 들었는데 말입니다요. 그 신입들한테 받은 밀전이 무려 은자 서른 냥이었다 합니다요."

"뭐? 서른 냥?"

수하가 말에 마대웅이 놀란 눈을 휘둥그레 떴다.

"은자 서른 냥이면 일 인당 은자 열다섯 냥을 냈단 말이냐?"

"예. 분명 그렇게 들었습니다요."

"이 늙은이가 노망이 났나! 무슨 밀전을 그렇게나 많이 받아 처먹어?"

"그게 아니라요, 행수님. 쟁두 어른은 분명 스무 냥이면 된다고 했답니다요. 그것도 좀 깎을 걸 생각해서 높게 부른 거라는데, 글쎄 그 신입 놈들이 앞으로 잘 봐달라면서 대뜸 서른 냥을 꺼내 주더랍니다요."

"야! 그게 말이 돼? 기껏 쟁자수나 해 먹겠다고 온 놈들인데, 돈이 썩어 나는 것도 아닐 텐데 은자 열 냥을 덤으로 얹어준다는 게 어디 말이 되느냐 말이다! 게다가 아까는 동전 이백 문이 아깝다고 나한테 대들기까지 하던 놈인데……."

"돈이 썩어 나는지는 모르겠지만 돈이 많은 것만큼은 분명합니다요. 쟁두 어른 말로는 은자 서른 냥을 꺼내고도 주머니가 은전으로 두둑했답니다요."

순간 마대웅의 눈이 빛났다.

두 가지 의미였다.

분노와 탐욕.

밀전으로 그렇게 돈을 펑펑 뿌려 댄 놈이 고작 동전 이백 문이 아깝다고 발끈하던 것을 생각하면 마치 자신을 개호구로 본 것 같아 화가 났고, 그 시건방진 놈의 주머니에 두둑하다는 은전들을 생각하니 절로 군침이 돈다.

그 분노와 탐욕이 섞이자 하나의 결론에 도달했다.

'이거 앵화년 금비녀값 정도는 뽑아먹을 수 있겠는데?'

마대웅이 그렇게 마음을 먹는 순간, 마대웅의 마음에선 이미 루하의 은전 주머니는 그의 것이나 진배없었다.

마대웅이 벌떡 자리에서 일어섰다.

"어떡하시게요?"

"어떡하긴 뭘 어떡해? 이 바닥 규칙을 잘 모르는 것 같으니까 그 얼뜨기 신입 놈들한테 상부상조하는 법을 제대로 가르쳐 줘야지."

절로 입꼬리가 야비하게 말려 올라가는 마대웅이다

그런 마대웅의 머릿속엔 이미 돈을 뜯어낼 적당한 구실까지 마련이 되어 있었다.

*　　　*　　　*

"액수가 잘못되었다뇨?"

루하가 마대웅을 다시 본 것은 모두 서른세 개의 목검을 박살 내고 나서야 겨우 화를 진정시키고는 숙소로 막 돌아가는 도중이었다.

혜심청의 전각 앞 공터에서 마침 무진을 대동한 채 루하를 찾으러 나오던 마대웅과 딱 마주친 것인데, 이건 앞뒤다 잘라먹고 다짜고짜 액수가 잘못되었다고만 한다.

"아까 분명 두당 이백 문이라 해서 그대로 드렸는데요?"

"그 돈 말고, 네놈들이 쟁두한테 준 밀전 말이다. 그게 잘못되었다는 말이다."

어쨌든 밀전은 쟁두와 쟁자수들 간의 은밀한 거래였고 당연히 떳떳하지 못한 일이었다. 그래서 루하는 마대웅의 말에 순간 그 떳떳하지 못한 일에 대해서 추궁을 하는 건줄 알았다.

그런데 이어져 나온 마대웅의 말은 그것이 아니었다.

"너무 적잖아."

"뭐라구요?"

루하는 이게 무슨 자다가 봉창인가 싶었다.

스무 냥 달라는 걸 열 냥이나 더 얹어서 줬는데 액수가 적다니?

"그 노인네가 죽을 때가 된 건지 자꾸 깜빡깜빡해서 뭔가 오해가 있었나 본데, 둘이 합쳐 스무 냥이 아니라 일 인당 스무 냥이란 말이지. 서른 냥을 냈다며? 그러니까 열 냥을 더 내야 된다, 이 말이야."

"일 인당 스무 냥이라구요? 그게 말이 돼요?"

"말이 안 될 건 뭐야? 대삼원표국의 쟁자수 자린데 그럼 그 정도도 생각을 안 했다는 거야?"

이건 어떻게 봐도 억지다.

아무리 밀전이 공공연한 비밀이라지만 쟁두도 아니고 일

개 쟁자수가 와서 밀전을 더 달라는 것도 어이가 없는 판인데 일 인당 스무 냥이라니?

터무니없어도 너무 터무니없는 금액이다.

대륙표국이나 천룡표국이라 해도 그 정도 밀전은 받지 않을 터였다.

그리고 쟁두는 분명 두당 열 냥이라고 말했었다. 서른 냥을 안겨 주자 입이 다 헤벌쭉해져서 흥분을 감추지 못했었는데 이게 무슨 귀신 씻나락 까먹는 소리란 말인가!

루하는 야비한 탐욕으로 번들거리는 마대웅의 눈을 보며 울컥했다.

'이게 지금 날 완전 개호구로 보는 거지?'

면상만 봐도 화가 치밀어 오르는데 이런 패악까지 떨어대니 목검들의 숭고한 희생이 무색하게도 겨우 진정시켰던 화가 다시 들불처럼 번져 간다.

당장에라도 요절을 내 버리고 싶었다.

하지만 정말이지 쓸개를 씹어 먹는 심정으로 참았다.

"좋아요. 뭐 그렇다 치고, 근데 왜 쟁두 어른이 아니고 그쪽이 밀전을 받아 가는 건데요?"

순간 마대웅 뒤의 수하가 버럭 소리를 질렀다.

"이놈! 그쪽이라니! 행수님께 그 무슨 말버릇이냐!"

"쫄따구는 좀 빠지시고."

"뭐? 쫄따구? 이 어린노무 새끼가 정말 뒈지려고 환장을 했나!"

제 성질에 못 이긴 수하가 당장이라도 루하에게 달려들려 했다. 그러자 마대웅이 팔을 들어 그를 저지하고는 루하에게 말했다.

"쟁두 일이 내 일이고 내 일이 쟁두 일이란 건 여기 삼원표국의 쟁자수들이라면 다 아는 일이다. 지금은 쟁두에게 일이 생겨서 내가 대신 온 것이고. 그러니 잔말 말고 모자란 돈이나 더 내."

"싫은데요?"

"뭐?"

"정말 돈이 부족했던 거면 제가 나중에 따로 쟁두 어른을 만나 뵙고 쟁두 어른한테 직접 드리도록 하죠."

"말귀를 못 알아듣는 거야, 아니면 못 알아듣는 척하는 거야? 내가 쟁두 일을 대신한다고 했지? 그럼 내가 부족하다고 하면 부족한 거야. 여기서! 이 삼원표국에서 일하고 싶으면 밀전을 더 내야 한다 이 말이야! 아님 평생 이름뿐인 쟁자수로 살게 해 줄까? 여기서 평생 표행 한 번 못 나가게 만들어 줘? 내가 그렇게 못 할 것 같아?"

사실 지금까지 마대웅은 무던히도 참고 있는 중이었다.

앵화에게 선물할 금비녀를 생각하며 정말 성질 많이 죽

이고 있었다.

스스로도 밀전을 핑계 댄 것이 궁색하다는 걸 알기에 어지간하면 그냥 참고 넘어가려고 했다.

그런데 이 세상물정 모르는 신입의 태도가 어지간한 수준이 아니었다. 자꾸만 성질을 긁어 댄다. 눈치 없는 정도가 아니라 심히 오만불손하기 짝이 없다. 그러니 자연 마대웅도 말투가 거칠어지고 눈빛은 사나워진다.

물론 성질 죽이고 있기로는 루하기 더하면 디헸지 틸하지 않았다.

열이 머리끝까지 차오르는 느낌이었다.

잠입 조사고 뭐고 다 때려치우고 정말이지 저 재수 없는 면상을 아주 뭉개 버리고 싶었다.

둘의 감정이 그렇다 보니 분위기는 삽시간에 살벌해지고 방 안은 일촉즉발의 긴장감이 들어찼다. 그 흉험함에 무진조차 이번에는 감히 끼어들 엄두를 내지 못했다.

그때 뜻밖에도 설란이 둘 사이에 끼어들었다.

"자, 여기 열 냥. 이제 된 거죠?"

설란이 대뜸 은자 열 냥을 마대웅의 손에 쥐여 준 것이다.

"야! 너 지금 뭐하는……."

루하가 발끈해서 따지려 하자 설란이 그런 루하의 말을

막으며 귓속말을 했다.

"그럼 지금 여기서 한바탕 분풀이라도 하려고? 저 인간 뒤에 표두까지 있다는데? 지금은 참아. 괜히 시끄러워져 봐야 우리한테도 좋을 게 없잖아. 돈이야 뭐 나중에 돌려받으면 되고. 분풀이도 그때 가서 하면 되고. 군자의 복수는 십 년이 걸려도 늦지 않다고도 하잖아."

설란이 그렇게 루하를 진정시키는 사이 마대웅은 손에 든 은전 덩어리를 보며 희희낙락하고 있었다.

새어 나오는 웃음을 감추지 못했다.

루하의 오만불손한 태도도, 그로 인한 불쾌감도 은전 덩어리 앞에 봄눈 녹듯 녹아서 사라졌다. 아니, 이젠 아예 루하의 존재 자체가 관심 밖이었다.

지금 이 순간 그의 관심사는 오직 금비녀와 앵화뿐이었다.

'흐흐. 앵화 고년, 금비녀 앞에서도 계속 도도할 수 있는지 내 지켜볼 것이다.'

아무리 콧대가 높다 해도 결국 기녀다.

소주 황학루의 기녀가 아닌 다음에야 금비녀에도 흔들리지 않을 기녀가 세상 천지에 어디에 있겠는가.

손목 정도는 간단히 잡을 수 있을 것이다.

모름지기 기녀란 손목을 내주면 다 내주는 것이란 옛말

도 있지 않은가.

분위기만 좋으면 오늘 밤 앵화의 속살까지 보게 될지도 모른다.

'그렇게만 되면 내 집에 눌러앉히는 거야 식은 죽 먹기지.'

매향이도 그렇게 눌러앉지 않았던가.

생각하니 마음이 급해진다.

바짝 애가 닳고 절로 군침이 돈다.

"흥! 진즉에 이렇게 나올 것이지 사람 피곤하게 말이야. 그래도 이놈은 제법 말귀를 알아듣는구면. 네놈은 이놈 때문에 목숨 부지한 줄이나 알아. 어린놈이 말이야. 아무리 세상 물정 모른다지만 그래도 까불 때 안 까불 때 정도는 가려서 까불어야지. 네놈은 앞으로도 내가 예의주시할 테니까 바짝 긴장 타는 게 좋을 거야. 아니면 언제 한번 크게 치도곤을 당할 날이 있을 테니까."

그러고는 바로 몸을 돌렸다.

그런 그의 마음은 이미 앵화의 속살을 보듬고 있었다.

그런데 그 순간이었다.

온통 앵화의 속살로 가득했던 그의 뇌리 속으로 너무도 난데없고 불쾌하며 그러면서도 귀에 익은 목소리 하나가 파고들어 왔다.

"야!"

처음에는 어리둥절했다.

'야?'

이어진 것은 불신이었다.

'설마 나한테 한 말은 아니겠지?'

하지만 설마하며 돌아선 그의 눈에 들어온 것은 한층 더 시건방져져 있는 신입 놈의 불손한 눈빛이었다.

"나…… 말이냐?"

이쯤 되고 보니 그 '야!' 라는 일갈의 대상은 어떻게 봐도 자신이다.

"지금 나보고 '야!' 라고 한 거냐?"

"그래, 너! 너 말이야, 너!"

"뭐? 야? 너? 이게 정말 미쳤……."

마대웅은 말을 채 끝을 맺지 못했다.

그가 말을 끝맺기도 전에 루하가 벽력처럼 그를 덮쳐 왔기 때문이었다.

말리고 자시고 할 수 있는 상황이 아니었다.

설란조차 그 순간 체념한 듯 고개를 잘래잘래 저었고 무진은 그저 놀라 기겁한 표정을 했다.

그리고 그 사이 단숨에 마대웅과의 간격을 좁힌 루하의 서슬 퍼런 목소리가 차갑게 야공을 울렸다.

"너, 오늘 좀 맞자!"

이윽고 참고 참았던 루하의 주먹이 사정없이 마대웅의 면상에 들이꽂혔다.

뻐억!

*　　　　*　　　　*

한편 그 시각, 마대웅의 매형이자 삼원표국이 표두 장량(張亮)은 가까운 표사들과 함께 인근의 태원객잔에서 기분 좋은 술자리를 가지고 있었다.

표행을 이틀 앞둔 시점이기에 표행을 같이 가게 된 표사들은 앞으로의 고단한 표행길에 앞서 우애와 각오를 다지는 의미였고, 이번 표행에는 참여하지 않게 된 표사들은 동료들의 무사 귀환을 기원하는 자리였다.

물론 사내들의 술자리란 것이 언제나 그렇듯이 서로 간에 의를 다지는 것도, 동료들의 무사 귀환을 기원하는 것도 모두 농에서 시작해 농으로 끝이 나기 마련이다.

"장 표두님. 이번 표행은 족히 한 달은 잡아야 할 텐데, 그 긴긴밤 독수공방하실 형수님을 위해서라도 오늘은 일찍 들어가 보셔야 하는 것 아닙니까?"

장량이 표사 홍균(洪鈞)의 말에 어이없어 했다.

"지금까지 내 발목을 잡고 가지 못하게 한 건 자네거든?"

"무슨 그런 벼락 맞을 말씀을 하십니까? 농으로라도 그런 말씀 마십시오. 혹여 그 말이 형수님 귀에 들어가기라도 했다가는, 으휴! 저 아주 뼈도 못 추릴 겁니다. 솔직한 말로 장 표두님을 잡은 건 제가 아니라 여기 이 유정(柳頂) 이 친구죠."

"어허! 이 사람 보게? 왜 가만히 있는 날 걸고넘어지는가? 나야말로 그 말이 형수님 귀에 들어갈까 두려운 사람이네. 가뜩이나 지난번 표행 때 일로 형수님께 미운 털이 단단히 박혔는데……."

"지금까지 쉴 틈도 주지 않고 내게 잔을 권한 건 홍 표사 자네고 그 잔에 꼬박꼬박 술을 채운 건 유 표사 자네거든? 걱정들 말게나. 집사람이 바가지를 긁으면 모든 건 자네 둘 때문이라고 내 이실직고를 할 터이니. 아마도 앞으로 자네 둘은 내 집에서 밥 한 숟가락도 얻어먹기는 글렀을 것이네."

장량이 짐짓 으름장을 놓자 홍균과 유정도 짐짓 울상 지었다.

"그것만큼은 안 됩니다! 천하일미의 형수님 해장국을 먹지 못하게 만드시겠다니, 차라리 저더러 팔공산으로 달려

가서 금강야차와 생사투를 벌이라 하십시오!"

"그동안 생사를 같이한 것이 몇 번인데 저희를 이렇게 매몰차게 버릴 수가 있단 말입니까? 형수님 치마폭이 그리도 무섭단 말입니까? 지난 날 신(信)과 의(義)의 대명사였던 대장부 장 표두님은 대체 어디로 갔단 말입니까?"

"흥! 자네들은 어디 다를 것 같은가? 장가도 가 보지 않은 자네들에겐 나를 비난할 자격이 없네. 내 분명히 말하지만 난 자네들 모두를 팔아서라도 우리 부부의 금슬을 지킬 것이네. 자네들 모두를 팔아서라도 내년엔 반드시 셋째를 보고야 말 거라고. 언제 비명에 갈지 모르는 표사 인생, 나도! 딸 가진 재미 한 번은 보고 죽어야 할 것 아닌가!"

마치 피를 토하는 듯한 장량의 일장 연설에 순간 우레와 같은 박수갈채와 큰 웃음들, 그리고 핀잔과 원성에 찬 목소리들이 동시에 터져 나왔다.

그렇게 와자지껄하니 떠들썩한 술자리를 뒤로하고 장량이 자리에서 일어섰다.

"그런 의미로다가 나는 이만 날 기다리는 우리 부인님께로 가 보겠네. 더 늦었다간 내년에 셋째는 고사하고 평생을 독수공방해야 하는 처지가 될지도 모르니 말일세. 그런 걱정 없는 처량한 외기러기 신세들은 그렇게 계속 밤새도록 술독이나 끌어안고들 계시게나."

"'처량한'이 아니라 '행복한'이죠! 기혼지옥 미혼천당 이란 말도 모르십니까?"

"우리는 밤새 이 어여쁘고 아리따운 술독을 끌어안고 있을 테니 장 표두님은 지옥 야차 같은 형수님과 무시무시한 밤 잘 보내십시오."

"무시무시한 밤의 참맛도 모르는 자네들이랑 내가 무슨 말을 더 하겠는가. 인생의 참맛이란 바로 그 무시무시한 밤에서 비롯되는 것이거늘."

그렇게 농으로 마무리하며 장량이 태원객잔을 나서려던 그때였다.

갑자기 태원객잔 안으로 쟁자수 하나가 뛰어 들어왔다.

"장 표두님! 장 표두님! 큰일 났습니다요!"

당장에라도 숨이 넘어갈 듯이 헐떡거리며 뛰어 들어온 쟁자수를 보며 장량은 의아해했다.

낯이 익은 자였다.

'조달천(趙達天)이라 했던가?'

삼원표국의 쟁자수라면 누군들 낯이 익지 않겠는가마는, 그가 일개 쟁자수의 이름까지 기억하는 것은 이 조달천이란 자가 그의 처남인 마대웅과 늘 붙어 다니는 자였기 때문이었다.

"무슨 일인가? 큰일이라니?"

"그게 행수님, 아니, 대웅 형님이 지금 매질을 당하고 있습니다요!"

"뭐? 처남이?"

"대웅이가 왜?"

첫 번째 물음은 당연히 장량의 것이었고 두 번째 것은 표사 홍균의 것이었다. 비단 홍균만이 아니었다. 마대웅이 매질을 당하고 있다는 말에 객잔 안 표사들이 전부 다 벌떡 몸을 일으켰다.

그건 단지 마대웅이 장량의 처남이기 때문만은 아니었다.

비록 마대웅이 쟁자수들 사이에서는 악명이 자자했지만 표사들 사이에선 평판이 좋았다. 그도 그럴 것이 명절은 물론이고 표사들의 집안 제사나 생일 때면 빼놓지 않고 인사를 오고 선물도 가져오니 좋아하지 않으려야 좋아하지 않을 수가 없는 것이다. 이들 중에는 아예 신분에 관계없이 마대웅과 형, 동생 하며 지내는 표사들도 있을 정도였다.

그러니 장량이야 말해 뭣하겠는가.

사실 마대웅을 쟁자수로 밀어 넣긴 했지만 쟁자수 일에 대해선 아무것도 모르는 그였다. 표사들이 다 그렇듯이 쟁자수 일에는 관심도 없었고 굳이 관심을 두지도 않았다.

마대웅이 쟁자수를 시작한 초기에 더러 좋은 술이나 꽤

값나가는 선물들을 가져오긴 했지만 어디까지나 좋은 일자리를 구해 준 데 대한 고마움의 표시 정도라 여겼지, 그것이 자신의 이름을 팔아 쟁자수들을 갈취한 것이라고는 지금까지도 꿈에도 생각지 못하고 있었다.

그만큼 지난 삼 년 동안 자신의 이중 생활을 철저하게 숨겨 온 마대웅이었다.

그러니 적어도 장량에게는 둘도 없이 착한 처남이었다.

무도관에서 채 반년도 버티지 못하고 뛰쳐나올 만큼 진득하지 못한 성정이건만, 자신의 체면을 생각해 지난 삼 년 그 고된 쟁자수 일에도 불평 한 마디 늘어놓지 않던 모습이 대견하기까지 했는데, 그 착한 사람을 대체 누가 매질을 한단 말인가?

"대체 무슨 말이냐? 매질을 당하다니? 처남이 왜? 누구한테 매질을 당하고 있다는 것이냐?"

"신입 쟁자수입니다요!"

"뭐?"

"새파랗게 어린 신입 쟁자수 놈이 지금 대웅 형님을 두들겨 패고 있단 말입니다요!"

장량은 어리둥절했다.

타고나기를 무골인 마대웅이었다.

힘도 좋고 체구도 건장했다.

고작 반년이긴 했지만 나름 이름 있는 무도관에서 무공도 익힌 몸이었다.

비록 삼원표국의 표사 시험에는 떨어졌다고 해도 어지간한 주먹패들은 한 수 접어 주고 가는 실력이었다.

그런 마대웅을 매질하고 있는 자가 쟁자수라니?

그것도 새파랗게 어린 신입이라니?

"어떻게 된 일인지 자초지종을 말해 보거라."

당연히 자초지종을 말해 줄 리가 없었다.

그러자면 암암리에 자행해 온 자신들의 치부마저 드러내야 하는 것이다.

답답하다는 듯 따져 묻는 장량을 향해 조달천이 짐짓 분통을 터트렸다.

"어떻게 되고 말고 할 것도 없습니다요! 그냥 미친놈입니다. 이 미친놈이 다짜고짜 대웅 형님을 공격해서는 마구잡이로 두들겨 패는데…… 아무튼 지금 이럴 시간이 없습니다요. 더 지체했다가는 정말 대웅 형님이 어떻게 될지 모른다고요!"

조달천이 그렇게까지 다급해하니 장량도 마음이 급해지는 거야 당연했다.

어떻게 된 일인지 이해는 안 되지만 그걸 따지고 있을 상황이 아니었다.

"그래서? 거기가 어디냐?"

"혜심청입니다요!"

장량은 그 즉시 혜심청으로 신형을 날렸다.

표사들도 다들 자기 일인 양 급히 그 뒤를 따랐다.

그렇게 혜심청에 도착한 장량의 눈에 상상했던 것보다 더 참담한 모습의 마대웅이 들어왔다.

멍들고 붓고 피나고.

얼굴을 알아볼 수 없을 정도로 엉망이 된 채 무릎이 꿇린 마대웅과 그 앞에 목검을 지팡이 삼아 짚고 서서 사뭇 거만한 태도로 마대웅을 내려다보고 있는 그 '새파랗게 어린 쟁자수 놈'을 확인한 순간 눈에서 불이 났다.

"이게 대체 뭣들 하는 짓이냐!"

장량이 대로하여 일갈을 토하자 그제야 그를 본 마대웅이 그 엉망인 얼굴에 더할 수 없는 반가움과 이제 살았다는 절박한 안도를 담으며 외쳤다.

"매형!"

그간의 고통과 서러움이 물밀듯이 밀려들어 목이 메고 왈칵 눈물을 쏟았다.

가뜩이나 보기 흉한 얼굴이 순식간에 눈물 콧물로 범벅이 되었다.

정말이지 죽도록 맞았다.

비 오는 날 먼지 나도록 맞았다.

이렇게 서럽게 맞아 본 적은 생전 처음이었다.

사람이 어찌 사람을 이렇게까지 두들겨 팰 수 있는지, 그에게 있어 루하는 이미 사람이 아니었다.

그야말로 악귀였다.

아니, 사람을 잡아먹는 악귀인들 이보다 더 악독하지는 않을 것 같았다.

그러나, 마대웅이 그렇게 생각하고 있다면 사실 루하 입장에서는 조금 억울한 면이 없잖아 있었다.

그도 이렇게까지 심하게 두들겨 팰 생각까진 없었다.

그냥 정신 번쩍 들도록 몇 대 때려 주고 말 생각이었다.

문제는 마대웅의 맷집이 생각보다 엄청나게 좋다는 것이었다.

'우와! 이 자식 이거 뭐가 이리 질겨?'

이건 도무지 패도 패도 뻗지를 않았다.

소란 중에 몰려나온 다른 쟁자수들의 눈을 의식해서인지, 아니면 곧 장량이 구하러 와 줄 거라는 희망 때문인지 온몸이 너덜너덜 만신창이가 될 지경인데도 바락바락 악다구니를 써 댔다.

그렇다고 아주 작정하고 기를 끌어 올릴 수도 없는 노릇.

그랬다가는 오늘 정말 사람 하나 잡을 수도 있었다.

그 대단하다는 홍염마수마저 그의 주먹에 맞아 죽지 않았던가.

그렇게 시작된 드잡이질이었다.

'오냐! 니가 이기나 내가 이기나 한번 해보자!'

때려도 때려도 도통 뻗지를 않으니 급기야 오기까지 생겼다.

딱 죽지 않을 정도로만 두들겨 팼다.

그리해 끝내 항복을 받아냈다.

무릎까지 꿇렸다.

매가 약이고 매에는 장사 없다는 만고불변의 진리를 그렇게 재확인했다.

장량이 혜심청에 당도한 것이 바로 그때였다.

당연히 전후 사정 아무것도 모르는 장량은 당장 눈앞에 보이는 마대웅의 모습에 대로했다.

"대체 이게 어떻게 된 일이냐!"

"매형! 흑흑. 이놈이! 이 미친놈이 아무 죄 없는 저를……."

장량의 추상같은 추궁에 마대웅이 더 서럽게 울먹이며 입을 열었지만 그 말은 채 끝을 맺지 못했다.

"아무 죄 없긴 개뿔! 이게 어디서 또 구라질이야!"

쾅!

루하의 발이 그대로 마대웅의 면상을 차 버린 것이다.

"쿠와악!"

울컥하는 마음에 힘 조절을 제대로 못한 탓에 구겨진 쓰레기처럼 쿠당탕탕 나뒹구는 마대웅이다.

순간 장량의 분기탱천한 일갈이 터져 나왔다.

"이놈! 그만두지 못할까!"

단지 일갈만 터트린 것이 아니었다. 동시에 루하에게로 쏘아져 간 그는 응조수(鷹爪手)의 수법으로 루하의 어깨를 부술 듯이 사납게 움켜쥐려 했다.

하지만 어디까지나 제압이 목적이었다.

분노가 크긴 했지만 그렇다고 살심이 담긴 것도, 전력을 다한 것도 아니었다.

그런 어설픈 공격에 당할 루하가 아니었다.

루하는 짓쳐들어오는 장량의 일수를 팔을 떨쳐 뿌리치고는 훌쩍 뒤로 몸을 물려 거리를 벌렸다.

생각 외로 민첩한 몸놀림에 장량이 흠칫하는 사이 루하가 짜증스레 말했다.

"아마도 그쪽이 저 인간 매형이라는 장 표두님인가 본데, 일단 흥분 가라앉히고 제 말부터 좀 들어 보시죠?"

루하는 장량과 싸울 생각이 전혀 없었다.

하도 꼴사납게 굴기에 순간 욱해서 마대웅을 때려잡긴

했지만 그거야 어차피 마대웅의 죄가 명명백백한 일이니 '어떻게든 무마가 되겠지'라는 나름의 계산이 있었다.

하지만 삼원표국의 표두가 상대라면 문제는 달라진다.

장량과 직접적으로 문제를 일으키면 자칫 수습이 어려워질 수도 있었다.

그건 결코 그가 바라는 바가 아니었다.

루하의 말에 장량이 버럭 화를 토했다.

"내 눈으로 네놈의 패악질을 똑똑히 보았거늘 무슨 말이 더 필요하단 말이냐!"

이젠 분기를 넘어 살기까지 뿌려 댄다.

그러나 루하는 눈썹 하나 까딱하지 않았다.

"패악질은 내가 아니라 저 인간이 부린 거거든요?"

"무슨 헛소리냐! 처남이 무슨 패악질을 부렸다는 것이야!"

"그쪽 이름 팔아서 힘없고 가진 것 없는 쟁자수들 등쳐 먹는 게 패악질이 아니면 뭔데요?"

"뭐라? 그게 무슨 말이냐? 내 이름을 팔아서 쟁자수들을 등쳐 먹다니?"

"말 그대롭니다. 표사들에게 진상을 한다느니 선물을 한다느니 하며 번번이 쟁자수들의 주머니를 털어 가는 걸로도 모자라서 나한텐 아예 되도 않는 거짓말로 은자 열 냥을 갈취해 가기까지 했으니까요."

"그럴 리 없다!"

그럴 리 없었다.

"처남은 절대로 그런 짓을 할 사람이 아니다! 어디서 감히 그 간사한 세 치 혀로 무고한 사람을 모함하려 드는 것이냐!"

"모함인지 아닌지는 여기 계신 이 쟁자수분들한테 직접 물어보시든가요."

루하가 주위의 쟁자수들을 가리키며 그리 말하자 장량의 눈이 자연 쟁자수들을 훑었다.

장량의 시선을 받은 쟁자수들은 더러는 화들짝 놀라서 급히 그 시선을 피하는가 하면 더러는 혹여 무슨 피해라도 입게 되지 않을까 두려워하며 안절부절 어찌할 바를 몰라 했다.

또 더러는 차라리 이참에 잘 되었다는 표정으로 당당히 장량의 눈을 마주하는가 하면 바닥에 널브러져 있는 마대웅을 보며 마치 앓던 이가 빠진 듯 시원하다는 표정을 짓고 있는 자도 있었다.

그들 모두의 공통점은 지금 이 순간 어느 누구 하나 루하의 말에 반박을 하지 않는다는 것이다.

'하면, 정녕 처남이 그런 짓을 저지르고 있었단 말인

가?'

마대웅에 대한 맹신이 부서졌다.

저 신입 쟁자수의 말대로 어쩌면 그 모든 것이 사실일지도 모른다.

그동안 자신이 보아 왔던 마대웅의 모습이 어쩌면 그의 본 모습이 아닐는지도 모른다.

장량의 흔들림을 본 루하가 거 보라는 듯이 말했다.

"이제 아시겠죠? 그러니까 이 모든 사태의 원인과 책임은 전적으로 저기 저 쓰레기 같은 인간한테 있는 겁니다."

그런데, 잠깐의 놀람과 또 잠깐의 당혹감이 스쳐 지난 후 이어진 장량의 반응은 전혀 예상 밖의 것이었다.

"그래서?"

"그래서……라뇨?"

"그게 네놈이 이런 행패를 부린 것과 무슨 상관이 있다는 말이냐?"

"말씀드렸는데요? 저 인간이 내 돈 은자 열 냥을 갈취해 갔다고."

"부당한 일을 당했으면 절차를 밟아서 표국에 정식으로 항의를 하든가, 아니면 적어도 나한테 먼저 일의 자초지종을 알려야 했거늘 그 알량한 힘만을 믿고 감히 표국 내에서 이런 행패를 부린 것은 나는 물론이거니와 삼원표국을 무시하고 기만한 것이 아니고 뭐란 말이냐!"

'이게 지금 뭐라는 거야?'

루하는 어이가 없었다.

第七章

그래! 한번 해보자고! 다 덤벼!

　"아시고 하는 말씀이세요? 아니면 모르시고 하시는 말씀
이세요? 일개 쟁자수더러 표두와 처남매부지간인 자를 절
차를 밟아서 정식으로 항의를 하라구요? 처남매부지간인
장 표두님을 찾아가 자초지종을 알렸어야 한다고요? 그게
가능하다고 생각하세요? 그 후환은 어떻게 감당하는데요?
지난 삼 년 동안이나 저 빌어먹을 인간한테 갈취를 당해 온
여기 쟁자수분들은 뭐 배알이 없어서 지금껏 입 다물고 참
고 있었답니까? 할 수 없으니까! 해도 안 될 게 뻔하니까!
그래 봤자 피해 보는 건 높으신 표두 나으리의 처남이 아니
라 힘도 없고 돈도 없고 인맥도 없는 일개 쟁자수니까! 더

럽고 치사해도 참고 있었던 것뿐이라구요!"

"궤변이다! 네놈이 뭐라 한들 표국의 규율을 어기고 표국 내에서 사사로이 폭력을 휘두른 사실에는 변함이 없다. 이는 어떤 변명으로도 용서될 수 없는 일이다!"

억지였다.

표국 내에서 사사로이 폭력을 휘두르지 말라는 규율은 어디까지나 표사들에게 한정된 규율이었다. 표사들이 한번 싸움을 벌이면 생사가 갈리는 생사결로 치닫는 경우가 생기기 마련이라 이를 방지하기 위한 규율인 것이다.

비단 그것만이 아니다.

표국 내 모든 규율은 표사들에게 한정된 것이었다.

들이는 것도 내치는 것도 쉽게 할 수 있는 쟁자수는 애초에 규율 속에 올려 두는 것조차 과분할 만큼 아예 논외의 대상으로 취급되고 있었다.

표국에서 쟁자수들에게 요구하는 것은 딱 하나였다.

표물에 손대지 말 것

그러니 표국의 규율을 들먹이며 자신의 죄를 따지는 것은 분명한 억지였고 추잡한 위선이었다.

지금 장량은 그저 자신의 처남인 것을 알고 있으면서도

마대웅을 저렇게 만든 루하가 괘씸하고 고얀 것뿐이다. 규율이니 뭐니 하는 것도 그저 핑계고 꼬투리였다.

'흥! 인망이 뭐? 인품이 어쩌고 어째?'

무진에게서 장량에 대해 들은 것이 있어 혹시나 했다.

그렇게 인품이 좋고 표사들로부터 신망을 받고 있다면 지금까지 그가 겪어 본 표사들과는 조금 다를지도 모른다고 생각했다.

삼원표국의 표두는 어쩌면 뭔가 달라도 다를 것이라 기대도 했다.

하지만 저 억지와 위선을 보고 있자니 실망을 넘어서 구역질이 난다.

'결국 다 그 나물에 그 밥인 거지.'

삼원표국의 표두쯤 되는 사람이 지금 자신의 말이 억지인 것을 어찌 모르겠는가.

주위에서 지켜보고 있는 쟁자수들의 곱지 못한 시선들이 왜 안 보이겠는가.

그럼에도 뻔뻔하게 억지를 부리고 위선을 떠는 것은 '그래도 되는 상대'이기 때문이다.

장량의 뒤를 따라온 십여 명의 표사들이 장량의 억지와 위선에 누구 하나 눈살 한 번 찌푸리지 않는 것도 '그래도 되는 상대'이기 때문이다.

쟁자수에게 억지 좀 부리기로서니 그것이 무슨 대수겠는가.

쟁자수에게 위선 좀 떨기로서니 그게 무슨 흉이 되겠는가.

그렇게 세상의 상식이 간단히 무시되어 버릴 만큼, 그러고도 양심의 가책도 느끼지 못할 만큼 장량에게 있어 쟁자수란, 표사들에게 있어 쟁자수란, 표국에 있어 쟁자수란 하찮고도 하찮은 존재인 것이다.

기분이 더러웠다.

마대웅이 한껏 거만을 떨며 자신의 돈을 갈취해 갔을 때보다도 더 더러웠다.

이젠 마음만 먹으면 언제든지 쟁자수를 때려치울 수 있었다.

아니, 쟁자수 정루하는 까마득한 과거사일 뿐, 이미 마음으로는 쟁자수를 때려치운 지 오래였다.

그런데도 다시금 겪게 된, 더없이 익숙하지만 전혀 익숙해지지 않는 그 멸시와 천대가 지난날 느꼈던 모멸감을, 이젠 남의 일이라 생각했던 그 불쾌한 기억을 고스란히 되살아나게 한다.

그러니 나오는 말투도 곱지 않았다.

"그래서요? 용서될 일이 아니면 어쩌라구요? 여기서 무릎꿇고 빌기라도 할까요? 귀하신 처남분을 저 지경으로 만들었으니 저한테도 똑같이 매질이라도 하시게요? 아니면 절차 좋아하시는 분답게 표국의 법도에 따라 절차대로 손발 묶어서 옥에라도 가두시게요?"

다분히 비꼬는 말투였다.

하찮은 쟁자수의 그 같은 말투에 장량의 눈썹이 사납게 치켜 올라갔고 눈가가 분노로 파르르 떨렸다.

하지만 정작 화를 터트린 것은 삼원표국의 젊은 표사들 중 성격이 급하기로 소문난 표사 홍균이었다.

"네 이놈! 감히 장 표두님께 그 무슨 무례한 언사더냐!"

화가 나기는 루하도 마찬가지였다.

"무례는 당신네들이 먼저 하고 있잖아! 저 인간이 개쓰레기 짓을 했다는데도 그걸 먼저 추궁할 생각은 하지 않고 도리어 나한테 죄를 묻는 건 대체 무슨 경우냐고! 아무리 당신네들 눈에는 벌레처럼 보이는 쟁자수들이래도 피해를 본 당사자들이 버젓이 두 눈 뜨고 지켜보고 있는데, 비상식도 정도가 있지 이게 뭐하는 짓이냔 말이야! 무뢰배 잡놈들도 지금 당신네들보다는……."

"닥쳐라! 당신네들? 무뢰배 잡놈? 네놈이 정녕 실성을 한 것이냐? 아니면 죽고 싶어 환장을 한 것이냐? 쟁자수 따위가 감히 어디서 주둥이를 함부로 놀리는 것이야!"

"표사 따위가 감히 어디서 함부로 내 말을 끊는 것이야!"

루하는 거침없었다.

이미 뚜껑 제대로 열렸다.

이 잘난 것들의 역겨운 위선에 배알이 뒤틀릴 대로 뒤틀려서는 자신이 여기에 온 이유도, 목적도 완전히 잊어 버렸다.

이미 끈 떨어진 연처럼 통제가 불가능해져 버린 루하를 보며 설란은 이젠 아예 자포자기해서는 '에휴' 한숨만 내쉬었고, 무진은 루하에 대한 걱정과 앞으로 벌어질 일에 대한 두려움으로 거의 사색이 돼서는 어찌할 바를 모르고 있었다.

소란 중에 모여든 쟁자수들은 가려운 데를 긁어 주는 신입 쟁자수의 거침없는 발언에 더러는 '옳다구나!' 하며 크게 고개를 끄덕이기도 하고 더러는 살기등등한 표사들의 표정을 살피며 혹여 괜한 피해라도 입을까 조심조심 뒷걸음질을 친다.

그러한 속에서 정작 홍균은 한참이나 멀뚱히 서 있었다.

한마디로 벙찐 표정?

일개 쟁자수에게 '표사 따위'라는 말을 듣게 될 줄은 상상도 못 했다.

'표사 따위'라는 말을 들은 지금조차 어이가 없다 못해 현실을 부정하고 자신의 귀를 의심하게 된다.

하지만 이내 그것이 엄연한 현실이고 자신이 결코 잘못 들은 것이 아님을 인식한 순간, 홍균이 느낀 모멸감과 분노는 걷잡을 수 없을 만큼 단숨에 극으로 치달아 버렸다.

"이런 개자식이! 네놈이 정녕 뒈지고 싶어 환장한 게로구나!"

"사람 말 못 알아들어? 표사 따위가 끼어들 자리가 아니랬잖아!"

"네이노옴!"

성격이 급한 자였다.

자존심은 또한 하늘보다 높은 자였다.

일개 쟁자수에게 당한 모욕과 치욕은 그 순간 그의 마지막 모든 이성을 날려 버렸다.

그리해 터져 나오는 욕설보다도 몸이 먼저 움직였다.

단숨에 루하와의 간격을 좁힌 홍균의 손에는 어느새 뽑아 들었는지 서슬 퍼런 검까지 들려 있었다. 그리고 누가 말릴 새도 없이 살기를 가득 머금은 홍균의 검이 루하의 머리를 쪼개 버릴 듯이 내려쳤다.

정말이지 순식간에 급전직하된 상황이었다.

그 참극의 순간에 표사들은 눈살을 찌푸렸고 쟁자수들은 질끈 눈을 감았다.

그들이 그 순간 떠올린 것은 소름 끼치는 비명과 뇌수, 야공을 수놓는 피분수와 역겨운 혈향이었다.

그러나 비명과 뇌수, 피분수와 혈향 대신 그들의 귀를 파고든 것은,

까아앙—!

날카롭고 강렬한 금속음이었다.

그리고,

"크윽!"

놀란 눈을 부릅뜬 그들의 시야 속에서 루하를 공격했던 홍균이 도리어 신음을 토하며 튕겨져 날아가고 있었다.

질끈 눈을 감고 있었던 터라 뭐가 어떻게 된 건지 몰라 어리둥절해하는 쟁자수들과는 달리 표사들은 그 장면을 정확히 보고 있었다.

그런데도 그들 모두는 쟁자수들과 마찬가지로 어리둥절한 표정이었다.

삼원표국의 표사 중에서도 실력 면에서 상위에 속하는 홍균의 일검을 일개 쟁자수가 너무도 간단히 뿌리쳐 버린 것이다.

그것도 목검으로.

마치 들러붙는 파리를 털어 버리듯 가볍게.

거기다 분명 홍균의 검을 쳐 낸 것은 목검이었는데 야공

을 찢는 듯했던 그 금속음은 대체 뭐란 말인가?

그렇게 모두가 놀라고 어리둥절해하고 있는 그때, 단 한 명 설란만은 이 상황을 정확히 이해하고 있었다.

'이미 쟤 홍염마수와 싸웠을 때와도 또 달라졌으니까.'

루하는 하루가 다르게 강해지고 있었다.

그 성장 속도는 놀라운 정도를 넘어 가히 불가사의할 지경이었다.

특히 홍염마수아이 일전은 그야말로 루하의 인생에 새로운 전환점이었다.

아흔아홉 번의 비무 경험이 있는 자에게 한 번의 비무 경험을 더한들 고작 백 번 중에 아주 소소한 한 번일 뿐이지만, 루하에게 있어 홍염마수와의 생애 단 한 번의 생사투는 비할 바 없이 큰 것이었다.

죽음 앞에 서는 법을 알았다.

죽음에 맞서는 용기를 익혔다.

죽음이 얼마나 무정하고 치열한지도 배웠다.

천 번의 비무보다도 값진 생사투의 경험이 그를 비로소 무인으로 탈바꿈시켜 놓은 것이다.

게다가 그의 성장은 비단 생사투의 경험만이 아니었다.

홍염마수의 성명절기 중 하나인 교룡금나수를 그 자리에서 바로 시전해 버린 루하였다.

홍염마수의 일수일장(一手一掌)에 담긴 그 묘리들과 경험을 통해 축적된 상황에 대처하는 임기응변마저도 마치 마른 헝겊이 물을 빨아들이듯 그렇게 빨아들여서 자신의 것으로 만들어 버렸다.

'뭐, 솔직히 그게 다 좋은 스승이 옆에 있어 준 덕분인 거지만.'

물론 재색겸비의 위대한 스승 예설란의 적절하고도 깊이 있는 지도 편달이 있었기에 가능한 일이기는 했지만, 어쨌든 단언하건대 그때보다도 두 배는 더 강해진 루하였다.

지금이라면 두 명의 홍염마수와 싸워도 능히 이길 수 있을 정도였다.

그러니 고작 '표사 따위'의 공격을 가볍게 떨쳐 냈다고 해서 그게 뭐가 그리 대수로운 일이겠는가.

다만 그녀로서도 조금 의외인 것은 금속음이었다.

그 금속음은 당연히 금의 기운에서 비롯된 것이었다.

비록 철검과는 달리 목검의 재질까지는 바꾸지 못했지만 적어도 금의 기운이 깃들어 있는 동안의 목검은 루하의 신체가 그러했듯이 일시적으로나마 금속성을 띄었다.

하지만 지금까지 저토록 맑고 날카로운 금속음을 낸 적은 없었다.

지금껏 들어보지 못한 깨끗한 소리, 그것은 결국 금의 기운을 목검에 완벽하게 담아냈다는 의미였다.

'아까는 그럼 괜한 기우였던 거야?'

마대웅에 대한 분노로 인해 애꿎은 목검에 화풀이를 해
댈 때, 혹시라도 겨우 익힌 감각이 흐트러져 버리지나 않을
까 걱정했었는데 지금 보니 그건 괜한 기우였다.

이 정도로 완벽하게 금의 기운을 담아낼 수 있게 되었다
면 그건 이미 그 오의를 완전하게 깨달았다는 뜻이었다.

'정말 어떻게 된 재능인 건지……'

이젠 익숙해질 만도 하건만 번번이 상상하는 그 이상을
보게 된다.

십년지재의 무재들이 수십 년을 익혀야 가능한 것을, 십
년지재의 인재들이 수십 년을 수련해도 되지 않아 좌절하
고 절망하는 것들을 루하는 마치 아이가 말을 배우고 걸음
마를 익히고 젓가락질에 익숙해지듯이 별반 힘들이지 않고
척척 해내 버린다.

문득, 언젠가 조부 예운형에게서 들었던 말이 떠올랐다.

'사람이 천지무극조화지기를 흡수하면 어떻게 되는데
요?'

'가장 조화로운 몸이 될 테지. 그 조화로움이 어떠한 형
태로 발현이 되는지는 모르겠다만……'

가장 조화로운 몸.

다섯 가지 기운이 가진 그 물리적이고 실제적인 힘을 떠나서, 천지무극조화지기가 가진 본연의 가능성이란 것을, 가장 조화로운 몸의 실체라는 것을 조금 엿보게 된 것 같은 기분이었다.

'이제 고작 다섯 가지 기운 중에 세 개가 깨어났을 뿐인데……'

언젠가 다섯 개의 기운이 모두 깨어난다면, 그래서 마침내 더할 수 없는 조화를 몸에 담는다면 과연 그때는 또 어떤 놀라움을 보여 줄까?

생각이 거기에 미치자 루하를 쫓는 설란의 시선이 보다 신중해지고 보다 날카로워졌다.

확실히 홍염마수와의 생사투 이후 단지 실력 면에서 뿐만 아니라 싸움에 임하는 자세부터가 달라졌다.

이젠 한순간의 방심이 어떤 결과를 초래하는지 알고 있다.

홍염마수가 자신에게 그러했듯이 자신 또한 방심의 제물이 되지 않으리란 보장이 없다는 것도 확실하게 인지하고 있다.

그리해 홍균을 그렇게 떨쳐 낸 직후, 조금도 지체하지 않고 홍균을 향해 신형을 날렸다. 그리고 홍균이 미처 중심을 잡기도 전에 홍균의 얼굴에 주먹을 박았다.

쾅―!

도무지 살과 살이 부딪치는 소리라고는 생각할 수 없는 굉음이 터지고,

"쿠억!"

비명을 토한 홍균이 그대로 바닥에 내다꽂혔다.

잠시간의 꿈틀거림.

이윽고 죽은 듯이 축 늘어진다.

장내는 그야말로 경악이었다.

그리고 경악의 다음은 본능적인 분노였고 그 분노를 앞서는 것은 몸에 밴 경계였다.

소란의 와중에 모여든 서른 명 남짓의 표사들이 그 순간 일제히 루하를 적으로 인식하고 루하를 포위하듯 에워싼 것이다.

그 치열한 경계와 살풍경한 분위기 속에서 장량의 위엄에 찬 목소리가 흘러나왔다.

"누구냐?"

루하를 보는 장량의 눈빛은 여전히 강렬했다. 하지만 지금까지의 뜨거운 분노는 어느덧 차갑고 냉철한 이성으로 바뀌어 있었다.

그도 그럴 것이 이제 그의 눈에 루하는 더 이상 일개 쟁 자수가 아니었다.

처음 자신의 응조수를 피했을 때만 해도 그의 눈에 루하는 그저 '쟁자수치고는 한 수가 있는' 정도에 지나지 않았다.

자신의 응조수를 피한 것이 의외이긴 했지만 어차피 위협의 목적이었을 뿐, 전력을 다한 것이 아니었기에 크게 대수롭지 않게 생각했었다.

그러나 지금은 아니다.

표사 홍균의 실력은 누구보다도 그가 가장 잘 알고 있었다.

삼원 표국의 표사들 중에서 단연 으뜸이다.

불같이 급한 성정만 아니었다면 벌써 표두 한 자리 정도는 차지하고 있을 거라는 게 표국 내 평가였다.

그런 홍균이 제대로 힘 한 번 못 써 보고 당했다.

방심을 핑계 대기엔 너무도 압도적인 힘의 차이였다.

어쩌면 자신보다도 고수일지 모른다.

아니, 보다 냉정히 말하면 저 앳된 얼굴이 믿기지 않을 만큼 분명 자신보다 한 수 위의 고수였다.

'이런 자가 한낱 쟁자수일 리가 없다!'

무슨 이유로 쟁자수 행세를 하고 삼원표국에 들어온 것인지는 모르겠지만 분명 숨겨진 의도와 신분이 있을 것이다.

"누구냐? 대체 무슨 의도로 이곳에서 이런 행패를 부리는 것이냐?"

"무슨 의도? 행패?"

루하가 서른 명이나 되는 표사들에게 둘러싸이고도 전혀 주눅 든 기색 없이 콧방귀를 꼈다.

"아까도 말했을 텐데? 행패는 지금 당신네들이 하고 있는 짓이 행패라고. 당신 처남이란 작자가 내 돈을 갈취하려고 했고 그걸 거부했을 뿐인데 거기에 대체 무슨 의도가 더 있다는 거야?"

"나는 지금 네놈이 누군지를 물었다!"

"그러니까 내가 누군지가 뭐가 중요하냐고! 왜? 내가 그냥 쟁자수일 때는 죄가 되는 것이 쟁자수가 아니라 정체를 숨긴 고인이면 죄가 되지 않는 거야? 당신네들이 말한 삼원표국의 법도란 것은 사람에 따라 그렇게 막 바뀌고 그러는 거야? 나 참, 별 엿가락 같은 법도도 다 있네. 좋아! 삼원표국의 법도란 게 그렇게 엿가락 같은 거라면, 그래서 내 신분을 알아야 할 필요가 있는 거라면 까짓 말해 주지. 난!"

루하가 자신을 에워싼 표사들과 그 너머로 불안해하는 쟁자수들을 쓰윽 훑어본 후 장량을 향해 턱을 치켜들며 거만하게 말했다.

"난 보시다시피 쟁자수고 들었다시피 쟁자수야. 이전에도 쟁자수였고 앞으로도 쟁자수야. 그래서 뭐? 내가 쟁자수면 뭐? 어쩔 건데?"

그 거만하다 못해 도발적이기까지 한 말과 태도에 결국 장량의 인내가 끝이 났다.

"네 이놈! 네놈이 정령 그 알량한 재주를 믿고 실로 방자하기가 이를 데가 없구나!"

드디어 칼을 뽑아 들었다.

장량이 칼을 뽑아 들자 루하를 둘러싼 표사들의 기운이 한층 더 사나워지고 흉흉해졌다.

그러나 루하는 눈 하나 깜빡하지 않았다.

"표사라는 알량한 신분을 믿고 방자한 건 당신네들도 마찬가지야!"

전혀 겁나지 않았다.

자신을 둘러싼 수십 명의 표사들이 전혀 두렵지 않았다.

아니, 만만했다.

표사들의 실력을 가늠할 눈도, 자신의 강함을 정확히 인지할 지식도, 다수의 적을 상대로 싸워 본 경험도 없는데 이상하게 그들이 만만했다.

만만하다 못해 몸이 다 근질근질했다.

스스로도 신기할 만큼 지금 이 순간 그의 가슴속에선 호기가 들끓고 있었다.

원래 이렇게 호전적인 성격이 아닌데도 그들의 행태에 대한 짜증 때문인지, 아니면 거친 세상에 홀로 내동댕이쳐져 겪어야 했던 그 숱한 부조리에 대한 억눌린 분노의 폭발인지 지금 이 순간만큼은 그냥 다 밟아 버리고 싶었다.

그리해 루하는 자신을 향해 위세 등등하고 살벌한 기운을 뿌려 대고 있는 삼원표국의 표사들을 향해 백만대군을 마주한 어느 영웅담의 영웅처럼 당당하게 외쳤다.

"그래! 한번 해보자고! 다 덤벼!"

*　　　*　　　*

한편 그 무렵, 삼원표국의 총표두 이지상은 혜심청에서 벌어지고 있는 일은 까맣게 모른 채 표사들의 명단을 보며 부질없는 걱정으로 골머리를 썩이고 있었다.

"장 표두야 경솔히 행동할 사람은 아니고……."

명단을 훑어가던 이지상의 눈이 장량이라는 이름을 지나 홍균이란 이름에 이르러 살짝 찌푸려졌다.

"홍 표사가 위험인물이긴 하지."

필묵으로 홍균이란 이름에 동그라미를 쳤다.

그는 지금 도하연의 지시대로 말썽의 소지가 있는 표사

들을 가려내고 있었다. 그렇게 가려낸 표사가 홍균을 포함해서 모두 여섯 명이었다.

"문제는 이 여섯 명을 어떻게 단속을 하느냐는 것인데……. 그렇다고 삼절표랑이 와 있다는 걸 밝힐 수도 없는 노릇이고…… 사람이라도 붙여 둬야 하나?"

이지상은 바로 고개를 잘래잘래 저었다.

그가 할 일은 사고가 일어나기 전에 그 사고를 미연에 방지하는 것인데 사람을 붙인들 그게 잘될 리가 없었다. 기껏해야 사고가 일어난 후에나 보고를 받게 될 게 뻔했다.

그래서는 아무런 의미가 없다.

"그러니까 이게 대체 무슨 악취미냐고. 황제의 암행 순시도 아니고, 우리가 왜 삼절표랑의 암행 순시까지 받아야 하는 건지……."

답답했다.

도하연에게 괜히 삼절표랑을 추천했나 하는 생각마저 들었다.

하지만 다시 그때로 돌아간다고 해도 결국 또 삼절표랑을 추천했을 것이다.

그만큼 그는 삼절표랑의 가치를 높게 평가하고 있었다.

도하연이 총표두인 자신보다도 훨씬 더 많은 표행비를 제시했는데도 그것을 지극히 합당하다 생각할 만큼 그는 삼절표랑의 실력을 인정하고 있었다.

삼절표랑이라면 능히 삼원표국의 미래가 되어 줄 것이다.

천하제일 표국.

삼절표랑에 대한 확고한 믿음은 이지상마저도 도하연과 같은 꿈을 꾸게 만들었다.

"그나저나 이런 일을 벌인 걸 보면 생긴 것도 그렇더니만 하는 짓도 참 종잡을 수 없는 인간이단 말이야."

새삼 약관도 되지 않던 앳된 얼굴의 소년을 떠올려본다.

영악해 보이면서도 어딘지 신비롭던 눈빛이 그에게도 깊은 인상으로 남아 있다.

"쟁자수들과는 아무 탈 없이 잘 지내려나?"

괜히 궁금해지기도 하고 살짝 불안한 마음도 든다.

"슬쩍 한 번 보고 올까?"

도하연은 자신들이 알고 있다는 사실을 들키지 않도록 각별히 유념하라고 했지만 잠깐 가서 몰래 동태만 살피는 거야 무슨 상관인가 싶었다.

그래서 결심을 굳히고는 집무실을 나섰다.

흥분과 불안, 그리고 조금은 들뜬 기분으로 그렇게 혜심청으로 길을 잡았을 때였다.

낯익은 쟁자수 하나가 숨을 헐떡거리며 급히 뛰어오고

있었다.

"총표두님! 총표두님! 큰일 났어요!"

"무진이 아니냐?"

헐레벌떡 사색이 된 얼굴로 뛰어와 자신을 부르는 쟁자수를 보며 이지상이 어리둥절한 얼굴로 물었다.

그 역시 쟁자수들의 이름을 하나하나 다 기억하진 못했지만 도하연이 각별히 생각하는 무진의 이름만큼은 알고 있었다.

"네가 여긴 어쩐 일이냐? 큰일이라는 건 또 뭐고?"

"그게 정말 큰일이 나 버렸어요! 표사님들이랑 쟁자수랑 지금 크게 싸움이 붙었어요! 어서 가서 말려야 해요!"

무진의 다급한 말에 이지상이 눈살을 찌푸렸다.

무진은 있는 사실 그대로를 말했지만 이지상의 귀에는 두서도 없고 논지도 없는 횡설수설처럼 들렸다.

표사가 일개 쟁자수와 싸우고 있다는 것도 이해가 안 가는 일인데 무진은 분명 표사들이라고 했다.

다수의 표사들이 쟁자수 하나랑 싸움이 붙었다는 게 애당초 말이 안 되는 것이다.

게다가 더 황당한 것은 무진의 이어진 말이었다.

"이렇게 지체할 시간이 없어요! 이러다 정말 표사님들 다 죽게 생겼다니까요!"

다수의 표사들이 쟁자수와 싸움이 붙었다면서 표사들이 다 죽게 생겼다는 건 대체 무슨 뜻이란 말인가?

"야, 이 녀석아. 꿈이라도 잘못 꾼 게냐? 웬 잠꼬대 같은 소리야?"

"잠꼬대 아니에요! 정말이라니까요! 정말로 표사님들이 신입 쟁자수한테 얻어터지고 있단 말이에요!"

"그러니까 그게 어디 말이나 될 법한 소리냔 말이다. 이 오밤중에 대체 무슨 꿈을 꾸고 와서는 이리 호들갑인 것이야. 표사들이 쟁자수한테 맞고 있다니? 신입 쟁자수는 또 뭐고? 신입 쟁자수란 놈이 무슨 정체를 숨긴 무림의 고수도 아닐 텐데 그런…… 일이…… 어디…… 가당키…… 나…… 한 것이…… 냐아?"

무진의 말에 그럴 리 없다 반박을 하던 이지상의 목소리가 어느 순간 점점 잦아들었다.

불현듯 불길한 예감이 뇌리를 스친 때문이었다.

'신입 쟁자수라면…… 설마…… 아니겠지?'

불길한 예감의 정체란 다름 아닌 루하였다.

'그럴 리가 없지. 그럴 리가 없어. 잠입이라며? 정체를 숨기고 표국을 살피러 온 것이라며? 그래서 국주님께 자신의 신분을 알리지 말아 달라 그렇게도 신신당부를 했었지 않는가?'

그래 놓고 고작 하루도 지나지 않아 표국 내에서 표사들을 때려잡고 있다는 게 상식적으로 말이 되는 상황인가 말이다.

그러나, 머리로는 절대로 그럴 리 없을 거라 생각하지만 그의 두 다리는 이미 혜심청을 향해 바쁘게 움직이고 있었다.

'아닐 것이다. 아닐 것이야. 계약을 하기 전에 미리 표국의 내정을 살피려 했을 만큼 신중한 자가 오자마자 이런 대형 사고를 터트릴 리가 없다!'

하지만 부정하면 부정할수록 그의 마음속에선 불길한 확신만 점점 강해진다.

그도 그럴 것이, 세상 천지에 표사들을 때려잡을 쟁자수가 삼절표랑 말고 달리 또 누가 있겠는가 말이다.

아니나 다를까, 그렇게 바쁜 걸음으로 혜심청에 당도한 이지상은 그 자리에 그대로 얼어붙어 버렸다.

무진의 말은 한 치의 틀림도 과장도 없었다.

말 그대로 쟁자수 하나가 표사들을 때려잡고 있었다.

소란 중에 그 수가 더 늘어났는지 바닥에 쓰러져서 신음을 토하는 표사들의 숫자만 해도 스무 명은 족히 넘었고, 그보다도 많은 수의 표사들이 그 쟁자수와 얽히고설켜서 분노에 찬 기합성을 터트리기도 하고 고통에 찬 비명을 내지르기도 하고 욕설을 토하며 악다구니를 써 대기도 한다.

그야말로 난장판이었다.

그 난장판의 중심에서 한 자루 목검을 마치 익덕 장비의 장팔사모마냥 휘두르며 삼원표국의 표사들을 두들겨 패고 있는 쟁자수의 앳된 얼굴을 확인한 순간, 이지상은 아예 울상이 되어 버렸다.

더는 부정할 수 없었다.

삼절표랑이다.

그런데 강했다.

자신이 들어 짐작하고 있던 것보다 훨씬 더.

아무리 홍염마수를 죽였다지만 삼원표국의 표사 수십 명을 상대로 복날 개 패듯이 패고 있는 그 압도적인 무위는 상상을 초월하는 것이었다.

그저 보고 있는 것만으로도 온 몸의 털이란 털이 죄다 곤두서고 머리끝에서부터 발끝까지 소름 돋는 전율이 타고 내려간다.

'대체……'

대체 이게 다 무슨 일이란 말인가?

삼원표국의 내정을 살피러왔다면서 왜 이런 난장판을 만든 것이란 말인가?

표사들은 왜 삼절표랑과 싸우는 것이고?

그 뒷감당은 또 어떻게 하란 말인가?

문득 도하연의 당부가 뇌리를 스쳐 갔다.

'자잘한 소란 정도는 괜찮아요. 그 정도는 제가 어떻게
든 무마를 시킬 수 있을 테니까요. 하지만 제가 무마할 수
있는 선을 넘어설 정도의 문제가 발생한다면, 그런 문제가
발생할 것 같으면 그땐 총표두님께서 직접 나서서라도 사
전에 반드시 막으셔야 해요.'

지금 이 눈앞에 펼쳐지는 지옥도는 도하연이 아니라 죽
은 전대 국주가 살아온다고 해도 무마할 수 있는 것이 아니
었다.

'국주님께서 그렇게 당부를 하셨건만…….'

눈앞이 아득해 왔다.

정말이지 울고 싶은 심정이었다.

그러나 언제까지고 넋 놓고 보고만 있을 수는 없었다.

사태가 더 커지기 전에 일단 싸움부터 말려야 했다.

그리해 그가 막 전장으로 뛰어들려는 순간이었다.

"멈추세요!"

그보다 앞서 날카로우면서도 위엄에 찬 목소리가 이 아
수라장에 울려 퍼졌다.

낯익은 목소리에 급히 시선을 돌리니 그곳에 삼원표국의
국주 도하연이 서 있었다.

도하연의 표정 또한 지금 그와 별반 다르지 않았다.

더할 수 없는 충격과 가득한 의문, 그리고 암담한 절망이 그 아름다운 얼굴을 교차하고 있었다.

"다들 멈추세요!"

도하연이 처음보다 더 크고 더 강한 위엄으로 다시 일갈을 터트리자 그제야 표사들이 멈췄다.

그제야 루하의 목검도 멈췄다.

시끌벅적 들끓던 아수라장의 수란이 언제 그랬냐 싶게 정적 속에 잦아들고 그 속에서 루하의 눈이 도하연의 시선과 맞닿았다.

아직 흥분이 가시지 않아 열기로 뜨거워진 루하의 눈과는 달리 도하연의 눈은 원망과 한숨, 야속함과 답답함이 어우러져 차갑게 가라앉아 있었다.

백 마디 말도 부족한 상황이었지만 그 많은 마음속 어지러움들이 단 한 마디도 말이 되어 나오지 않는다.

'하아…….'

그저 탄식뿐.

아름다운 얼굴에 드리워진 깊고 짙은 그늘이 보는 이로 하여금 안타까움을 자아냈지만 정작 그 탄식의 원인인 루하는 당당했다.

아니, 오히려 단단히 화가 난 얼굴로 질책을 터트린다.

"대체 뭡니까, 이게? 쟁자수란 놈은 동료 쟁자수들의 등골이나 뽑아 먹으려 들고 표두란 작자는 지 체면 차리려고 엄한 사람한테 엄한 죄나 덮어씌우려 하고. 명색이 산서 제일의 표국이라기에 좀 다를 줄 알았더니, 이건 뭐 하오문이랑 별로 다를 게 없잖아요. 정말 삼원표국, 뭐가 이따위예요?"

루하의 말에 표사 하나가 악에 받쳐서 버럭 소리쳤다.

"닥쳐라! 네놈이 감히 어느 안전이라고 삼원표국을 모욕하는 것이냐!"

루하도 지지 않고 받아쳤다.

"있는 사실을 그대로 말한 것뿐인데 모욕은 무슨 망할 놈의 모욕이야! 산서 제일 표국이면 산서 제일 표국다워야 할 거 아냐? 당신네들 하는 짓거리를 보면 산서 제일 표국은 개뿔, 지나가던 개가 웃겠다!"

"네 이놈!"

잠깐 잦아들었던 분위기가 다시금 살벌하게 변했다.

당장이라도 다시 싸움판이 벌어질 것 같은 일촉즉발의 순간, 도하연의 목소리가 다시 그들 사이를 갈랐다.

"그만들 하세요!"

"하오나 국주님. 저 무도한 자의 행태가 도를 넘고 있지 않습니까?"

"말씀 삼가세요. 저분은 엄연히 제가 모셔 온 제 손님이세요."

"국주님의 손님이라니요? 국주님의 손님이 표국 안에서 왜 이런 패악무도한 짓을 벌인단 말입니까? 대체…… 저자가 누굽니까?"

질문한 표사만이 아니라 한 줌이라도 온전한 정신을 붙들고 있는 자들의 시선이 일제히 도하연에게로 모아졌다.

그런 시선들 속에서 도하여의 눈길이 루하를 향했디.

"삼절표랑이세요."

"예?"

"홍염마수를 죽인 삼절표랑 정루하, 정 소협이 바로 저분이란 말씀이에요."

순간, 도하연에게 모아졌던 시선이 그대로 루하에게로 옮겨갔다.

정말이지 수많은 감정들이 뒤엉켰다.

거기엔 놀람도 있고 충격도 있었다.

이곳에 펼쳐져 있는 지옥도가 그제야 납득이 되는지 고개를 주억거리는 쟁자수도 있었고, 그럼에도 더욱더 강한 적의를 드러내는 표사도 있었다.

정도십이천까지 깔아뭉개며 삼절표랑을 마치 부처님인 양 치켜세웠던 무진은 그 순간 아예 아무런 사고도 못 한 채 루하를 보며 눈만 끔뻑끔뻑 댄다.

그러거나 말거나 루하는 그저 차갑게 콧방귀를 날려 주고는 도하연을 향해 분명하게 말했다.

"아무튼 난 아무 잘못 없으니까 괜히 나한테 잘잘못을 따질 생각은 마세요. 무진이한테 물어보면 아실 테지만 이번 일의 책임은 전적으로 아랫사람들을 제대로 관리 못한 삼원표국에 있으니까."

변명도 해명도 아니다.

오해도 추궁도 사양하겠다는, 다분히 고압적인 태도의 입장 표명이었다.

그 시건방진 태도에도 이번에는 누구 하나 발끈하고 나서는 자가 없었다.

흔히 잘 모르는 자들은 삼절표랑이 홍염마수를 죽인 것을 두고 그것이 우연이었다느니 홍염마수가 방심을 한 탓이라느니 금강야차에게 당한 부상이 다 치료가 되지 않은 때문이었다느니 하며 삼절표랑의 업적을 폄하하기도 하지만, 삼원표국의 표사들은 견식도 견문도 일류였다.

알고 있는 것이다.

삼절표랑이란 이름은 결코 우연히 얻어진 것이 아님을.

고수들의 싸움에서 우연히 얻어지는 승리란 없다는 것을.

그것이 그들이 입을 닫아걸게 만든 이유였다.

살이 터지고 뼈가 부러지는 매질에도 꺾이지 않던 의지가 고작 삼절표랑이라는 이름 넉 자에도 간단히 꺾이는 것, 그것이 무림인인 것이다.

第八章

천하제일 쟁자수?
오호! 그거 괜찮네

싸움에 동원된 총인원 예순하나.

그중 경상자 셋.

중상자 서른둘.

사망자 없음.

한바탕 폭풍우가 휩쓸고 간 흔적이었다.

대체 어디를 어떻게 팼는지 경상자는 고작 셋인데 반해 중상자는 그 열 배가 넘었다.

'사망자가 나오지 않은 게 천만다행이지만…….'

그렇다고 해도 당분간 표국의 운영에 막대한 차질이 빚어지는 것은 피할 수 없었다.

실로 믿기지 않는 일이었다.

아직도 과연 이게 정말 현실인지 의심이 드는 도하연이다.

산서 제일 표국의 표사들 예순 명이면 어지간한 산채는 일거에 쓸어버릴 정도의 힘이었다. 더구나 그 중에는 표두 장량을 포함해서 뒤에 합류한 표두가 셋이나 더 있었다.

그런데 그런 대단한 실력의 그들을 그녀와 마주 앉아 있는 이 눈앞의 앳된 소년이 비 오는 날 먼지 나도록 두들겨 팬 것이다. 심지어 장량은 뼈가 세 군데나 부러지고 내장까지 상해 족히 반년은 누워 있어야 한다는 진단을 받았다.

이걸 대체 어떻게 받아들이란 말인가?

아무리 장소가 협소해서 진법을 펼칠 수 있는 여건이 되지 않았다고 하더라도 삼원표국 전력의 반이 동원된 싸움이었는데, 단 한 사람을 당해 내지 못해 그중 절반 이상이 병상에 누워 있는 현실을 대체 어떻게 납득 하란 말인가?

그런데도 정작 그런 엄청난 일을 저지른 루하는 미안한 기색 하나 없는 얼굴이다.

물론 처음부터 끝까지 상황을 지켜봤던 무진으로부터 전후 사정이야 전해 들었다.

루하가 말한 대로 잘못이 전적으로 삼원표국에 있었다는 것도 안다.

쟁자수의 일은 쟁두에게 모두 일임해 오던 오랜 관습에 젖어 그동안 쟁자수들에게는 너무 무관심했던 스스로의 안일함을 자책하기도 했다.

하지만 아무리 그렇다고 해도 사태가 이 지경이 되었는데, 사태를 이 지경으로 만들어 놓고 도리어 시종일관 못마땅한 표정으로 뚱해 있는 건 뭐란 말인가.

"아직 화가 다 풀리지 않으신 건가요?"

"아닌데요?"

"하지만 소협의 표정은 아닌 게 아닌 것 같은데요?"

"내 표정요?"

루하가 설란을 보며 물었다.

"내 표정이 그래?"

"응, 그래. 사탕 빼앗긴 어린애처럼 잔뜩 심통이 난 표정이야. 그렇게 난리를 치고도 부족한 거야? 아직도 몸이 근질근질해?"

"아니거든? 나 그렇게 막 사람 패는 거 좋아하고 그러는 놈 아니거든?"

"호오, 그러셔? 사람 패는 거 안 좋아해서 그렇게 눈에 핏대까지 세우고 그 난리를 친 거였어? 그러다 사람 패는 거 좋아하게 되면 아주 희대의 살성 탄생하시겠네. 네가 오늘 때려잡은 표사들 수가 몇인 줄이나 알아?"

"그거야 그 인간들이 자꾸 사람 빡 돌게 만드니까 그렇지. 완전 재수 없게 구는 거 너도 봤잖아? 그리고 지금은 정말 화 다 풀렸거든?"

"근데 표정이 왜 그래?"

"몰라, 나도. 그러니까 묻는 거잖아. 분명 화가 난 건 아닌데 그냥 기분이 좀 안 좋긴 해."

"그게 뭐야?"

"나도 모른다니까?"

사실이었다.

삼원표국에 아직 화가 나 있는 것은 아니었다.

한바탕 난리를 치는 동안 화는 다 풀렸다.

게다가 쟁자수라 무시당하고 멸시당하는 것이야 삼원표국만의 문제가 아닌데 그런 걸 가지고 아직 질척거릴 성격이었다면 애초에 쟁자수 따위 백 번은 넘게 때려 치웠을 것이다.

그냥 뭔가 기분이 안 좋았다.

왠지 모르게 답답하고 개운치가 않았다.

그런데 그게 뭔지 딱 꼬집어 낼 수가 없다.

루하와 설란의 대화를 듣고 있던 도하연이 끼어들었다.

"아무튼 저희 표국에 대한 화는 풀리셨다니 다행이네요. 그래서…… 소협과 저희 표국은 이제 어떻게 되는 거죠?"

루하는 도하연이 무얼 묻고자 하는지 바로 알아들었다.

그리고 그 질문의 답은 이미 정해져 있었다.

"끝난 거죠, 뭐."

마치 남의 일 얘기하듯 툭 던지는 말에 도하연이 입술을 잘끈 깨물었다.

그런 도하연을 보며 루하가 어깨를 으쓱해 보였다.

"어쩔 수 없잖아요? 어쨌거나 표사들을 그 지경으로 만들어 놨는데, 그런 그들한테 생사가 오가는 전장에서 내 등을 어떻게 믿고 맡기겠어요? 그건 표사들도 마찬가지 심정일 테구요."

정식 비무의 결과였다면 또 모르지만, 격식도 명분도 없는 싸움판이었다.

감정으로 뒤엉킨 싸움의 뒤끝이 좋을 리가 없었다.

더구나 상대는 고작 나이 열일곱의 새파란 애송이.

아무리 그 새파란 애송이가 강호의 신진고수로 주목을 받고 있는 삼절표랑이라고 해도 표사들의 무너진 자존심이 쉽게 회복될 리가 없는 것이다.

물론 도하연도 그러한 상황은 충분히 인지하고 있었다.

그럼에도 미련을 놓을 수가 없다.

"만일…… 제가 그들을 포기하고서라도 소협을 잡겠다고 하면 이곳에 남아 주실 수 있나요?"

가지고 싶었다.

단신으로 삼원표국의 표사들을 어린애 다루듯 하는 것을 직접 눈으로 확인하고 나니 삼절표랑에게 걸었던 꿈이 더욱더 선명해지고 가깝게 느껴져 억지라도 부리고 싶은 심정이었다.

도하연의 그 예상치 못한 말에 루하가 뜻밖이라는 얼굴로 물었다.

"그 말씀은 삼원표국의 표사들 모두를 내칠 수도 있다는 말씀입니까? 저 하나를 잡기 위해?"

"만일 그렇다고 하면 저와 같이 해 주실 수 있나요?"

"아뇨."

루하는 생각할 것도 없다는 듯이 고개를 저었다.

도하연이 물었다.

"왜죠?"

"그게 가능할 리가 없으니까요. 삼절표랑은 없어도 삼원표국은 여전히 굳건할 테지만 표사들이 없다면 삼원표국도 없는 것이니까요."

표사란 표국의 근간이다.

표사들이 없으면 표국도 없다.

한 명의 고수를 얻고자 표국을 위해 목숨을 걸어온 표사들을 내친다면 삼원표국의 이백 년 역사는 뿌리부터 흔들리게 될 것이다.

표사들의 신뢰를 잃은 표국이 살아남을 수 있을 만큼 이 바닥이 호락호락한 것이 아닌 것이다.

하물며 삼원표국의 표사들은 일류였다.

비록 루하 하나를 감당하지 못해 오늘 씻을 수 없는 치욕을 당했지만 그건 어디까지나 루하가 강해서지 그들이 표사로서 능력이 떨어져서는 절대로 아니었다.

누가 뭐라 해도 그들은 산서에서는 대체 불가능한 인재들이었다. 그런 그들을 대신한 자원을 표사들과의 의까지 저버린 삼원표국이 대체 어디서 충당을 할 수 있겠는가?

그야말로 망국의 지름길이었다.

루하가 아는 걸 도하연이 모를 리 없었다.

불확실한 미래와 막연한 꿈을 위해 삼원표국의 이백 년 역사와 굳건한 현재를 도박판 위에 올려놓을 만큼 도하연은 그리 무모한 여인도, 어리석은 여인도 아니었다.

"하아……."

나오는 건 한층 더 깊어진 한숨이다.

"꼭…… 그래야만 했나요?"

도하연의 눈에는 다시금 어쩔 수 없는 원망이 담긴다.

"조금만 참을 수는 없었나요? 몰래 살피러 오신 거잖아요. 제게 소협의 신분을 알리지 말아 달라 그렇게 신신당부까지 하셨잖아요. 그런데 어찌……."

한 마디 한 마디 더해갈수록 격해져 오르는 감정을 추스르지 못해 결국 말끝을 흐리고야 만다.

그 속에 담긴 가득한 아쉬움은 마치 마음을 몰라 주는 야속한 정인을 향한 투정인 양, 안타깝다 못해 애처롭기까지 했다.

심장이 금강석으로 만들어진 것이 아닌 다음에야 이토록 아름다운 여인의 그 애처로운 시선을 보고 어찌 태연할 수 있을까마는 그런 면에서 루하는 참 일관성이 있었다.

"뭐, 저도 심히 유감스럽긴 해요. 여기보다 좋은 조건을 제시하는 곳이 다시 있을 거라는 보장이 없는데 당연히 아깝죠. 근데 뭐 어쩌겠어요? 이미 일이 이렇게 되어버린 걸?"

말은 심히 유감이라 했지만 전혀 유감인 말투가 아니었다.

이미 미련은 탈탈 털어 버린 듯한 표정이었다.

도하연은 그런 루하가 그저 야속할 뿐이다.

울컥 화도 치밀었다.

그 화가 누구를 향한 것인지는 스스로도 알 수 없었다.

이 일의 최초 원흉자인 마대웅에 대한 괘씸함인지, 마대웅을 단속 못 한 표두 장량에 대한 분노인지, 그렇게도 당부를 했건만 이런 사태가 벌어지도록 아무런 힘도 되어 주지 못한 총표두 이지상에 대한 원망인지, 그도 아니면 루하에게 걸었던 그 큰 꿈이 물거품이 되려 하는데도 그저 두 손 놓고 있어야 하는 자신의 처지가 서러운 건지…….

치밀어 오르는 화를 다시 입술을 깨물어 삼키고는 지금까지와는 사뭇 다른 눈빛으로 루하를 보았다.

"그럼 이제 소협과 전 적이로군요."

냉엄한 현실을 그렇게 인정했다.

"적이라뇨?"

루하가 어리둥절한 얼굴로 반문했다.

"여기와는 잘 되지 않았지만 그래도 제가 녹림도가 되어 도적질을 할 것도 아닌데……."

"표국의 적이 녹림만은 아니죠. 중원 대륙이 좁다 느껴질 만큼 수많은 표국들이 난립해 있는 상황에서 표국의 가장 큰 적은 녹림도가 아니라 주변의 경쟁 표국이죠. 경쟁 표국의 성장은 녹림도의 칼보다 더 무섭게 살점을 베어 오니까요. 그리고 어느 표국이 되었든 삼절표랑이 표사로 들어가는 곳은 삼원표국 최대의 적이 될 테구요."

삼절표랑이 삼원표국의 표사가 되었다면 그녀의 꿈과 삼원표국의 미래를 열어 줄 가장 강력한 명검보도가 되었을 것이다.

하지만 일이 틀어졌다.

이젠 그 명검보도는 무시무시한 마검귀도(魔劍鬼刀)가 되어 그 서슬 퍼런 칼날을 그녀의 목덜미에 겨누게 될 것이다.

"하나만 물어봐도 될까요?"

"⋯⋯?"

"혹시 마음에 정해 두신 곳이 있나요?"

"마음에 정해 둔 곳이요?"

"소협께서 표사로서 몸을 의탁할 곳 말이에요. 이제 어디든 정하셔야 하잖아요."

"⋯⋯."

"아직 정해 둔 곳이 없다면, 무리한 청일지는 모르지만 이것 하나만 부탁드릴게요. 소협께서 저희와 같이할 수 없게 된 것을 정말로 유감스럽게 생각하신다면 산서 땅만은 피해 주세요."

천하제일 표국의 꿈은 부서졌다.

이제 최선은 산서 제일 표국이라는 명성만이라도 지키는 것이다.

그러자면 삼절표랑이 산서성에 있어서는 안 된다.

삼절표랑이 있는 표국이 곧 산서 제일이 될 테니까.

루하가 산서성에 있다면 삼원표국은 더 이상 산서 제일

이 아니게 될 테니까.

구차하다는 것, 안다.

자신이 지금 얼마나 구질구질하게 구는 것인지도 안다.

어쩌면 추하고 한심해 보일 수도 있을 것이다.

그러나 그녀의 자존심보다 중한 것은 선대로부터 물려받은 삼원표국의 이름이었다.

도하연의 그 같은 부탁에 불쾌히 눈살을 찌푸리는 루하다.

"제 청이 무례했나요?"

"아뇨. 아닙니다, 그런 거."

도하연의 부탁이 무례해서가 아니었다. 그것이 무리한 청이어서도 아니었고 구차해서도 아니었다.

'소협께서 표사로서 몸을 의탁할 곳 말이에요. 이제 어디든 정하셔야 하잖아요.'

도하연의 그 말 때문이었다.

그 말을 듣는 순간 얼굴부터 확 구겨졌다.

그리고 그것은 조금 전 뒤로 밀쳐 두었던 이유 모를 불쾌감과 똑같은 것이었다.

그제야 실컷 화풀이를 했는데도 내내 기분이 좋지 않았

던 이유를 알았다.

이제 어느 표국이든 결정을 해야 한다는 것, 그리해 앞으로는 표사로서 살아가야 한다는 것이 바로 그 불쾌감의 이유였다.

뻔뻔한 얼굴로 억지를 부리던 장량의 얼굴이 떠오른다.

그런 장량의 억지에도 불편한 기색 하나 없이 오히려 자신을 욕하던 표사들의 그 가소로운 권위와 구역질 나던 위선도 떠오른다.

'내가 그런 것들이랑 같은 부류가 되어야 한다고?'

지난날 표사들로부터 받았던 그 숱한 모멸과 멸시, 천대의 기억들이 마치 주마등처럼 뇌리를 스쳐 간다.

'나더러 서푼어치도 안 되는 권위만 믿고 거들먹거리기나 할 줄 아는 그런 역겨운 작자들과 목숨을 나누라고?'

표사는 표사고 쟁자수는 쟁자수라던 그 말에 좌절하고 절망했던 그때의 울분이 다시금 되살아난다.

'흥! 표사? 그깟 게 뭔데? 그게 뭐 대순데? 그 재수 없는 것들보다 내가 백배는 더 강한데 왜 내가 그딴 것들이랑 한데 묶여야 해? 싫어! 안 해! 표사 따위 개나 하나 그래!'

거기까지 생각이 이른 루하가 도하연을 보았다.

"앞으로 제가 뿌리를 내릴 곳이 산서 땅일지 아니면 다른 곳이 될지는 지금 이 자리에선 말씀드릴 수가 없습니다.

지금으로서는 정해진 곳도 생각해 둔 곳도 없으니까요. 그래도 이것 하나는 확실하게 말씀드릴 수가 있습니다."

"……?"

"제가 어디에 정착을 하게 될지는 모르겠지만 적어도 표사로서 삼원표국과 마주할 일은 없을 거라는 거."

"그게…… 무슨 말씀이시죠?"

루하의 의미심장한 말에 도하연이 눈을 가늘게 뜨며 의아히 물었다.

"그냥 그렇다는 겁니다. 저도 아직 구체적으로 뭐를 어떻게 하겠다는 계획이 있는 건 아니니까요."

루하가 별거 아니라는 듯 히죽 웃었다.

하지만 그 별거 아니라는 듯한 웃음 뒤에는 분명 어떤 결의가 있었다.

게다가 왠지 모르게 어딘지 홀가분해 보이기도 하고 들떠 보이기도 했다.

*　　　*　　　*

루하와 설란은 떠났다.

텅 빈 방에 홀로 남은 도하연은 루하가 던져 주고 간 말을 몇 번이고 되새김하고 있었다.

    '적어도 표사로서 삼원표국과 마주할 일은 없을 거
  라는 거.'

그 말이 마치 이명처럼 귓가를 맴돈다.
'어쩌면 아직 끝난 것이 아닐지도 몰라.'
끊었던 미련이다.
버렸던 희망이다.
그런데 루하의 말이 끊었던 미련을 이어 주고 버렸던 희
망을 되살린다.
딱히 루하의 말 어디가 자신에게 그런 마음을 들게 하는
지는 알 수 없었다.
어쩌면 그 역시 부질없는 집착의 파편일지도 모른다.
'그렇지만……'
놓을 수 없다.
그것이 부질없는 집착이라 할지라도.
비록 지금은 아닐지라도.
먼 훗날을 기약해야 하는 것일지라도.
그 마지막 끈을 놓고 싶지 않았다.
"국주님 이지상입니다."
그때 총표두 이지상이 방 안으로 들어왔다.

도하연이 이지상을 보며 물었다.

"어떻게 되었나요?"

"마대웅이란 자, 생각보다도 간덩이가 큰 자였습니다. 표사들에게 진상을 한다는 명목으로 쟁자수들에게서 돈을 갈취한 것뿐만 아니라 마음에 안 드는 쟁자수가 있으면 표행에서 제외시켜 표국에 발을 못 붙이게 하기도 하고 협박을 일삼으며 금품이나 향응을 강요하기도 하고, 쟁자수들 사이에서 황제처럼 군림했다고 합니다. 게다가 그렇게 끌어모은 돈이 은자 칠백 냥이 넘어서 남몰래 기녀를 데려다가 두 집 살림까지 하고 있을 지경이라고 하니……."

마대웅의 비리가 이어지는 동안 도하연의 얼굴이 점점 딱딱하게 굳어졌다.

"그자가 그런 짓을 벌이는 동안 담 총관은 대체 뭘 하고 있었던 거죠?"

"담 총관을 탓할 일만은 아닙니다. 표물을 관리하고 표행을 준비하고, 자유분방한 표사들도 살펴야 하고 표국의 살림도 돌봐야 하는 위치가 아닙니까? 쟁자수들에게까지 일일이 신경 쓸 수 있는 여건이 되지 못합니다. 이는 비단 우리 표국만이 아니라 모든 표국이 떠안고 있는 문제입니다. 그래서 쟁자수에 관한 것은 쟁두에게 모든 권한을 위임하고 그 관리를 맡기는 것이 관습처럼 되어 버린 것이구요."

"그래서 결국 삼 년 동안이나 마대웅 같은 자가 비리를 저지르고 있었는데도 아무도 몰랐던 거구요?"

"쟁두가 받는 밀전이나 어느 정도의 월권은 눈감아 주는 게 이 바닥 생리입니다만 마대웅이 한 짓은 분명 도가 지나 쳤습니다. 더구나 쟁두도 아닌 자가 장 표두를 믿고 그 같 은 만행을 저지르고 있었으니……."

"장 표두는요? 장 표두도 그 일에 관여를 한 건가요?"

"그건 아닌 것 같습니다. 마대웅에게 고가의 선물을 받 기도 했지만 어디까지나 사사로운 인사치레의 의미라 생각 했지 뇌물이라 생각하고 받은 건 아닌 것 같습니다. 그걸 대가로 달리 도움을 주거나 압력을 행사한 적도 없었구요. 게다가 그런 인사치레는 장 표두만 받은 것이 아니라 다른 표사들도 더러 받았다고 하더군요."

"음……."

잠시 생각을 정리하는 듯하던 도하연이 강한 눈빛을 빛 내며 단호히 말했다.

"마대웅이란 자, 표국 명부록에서 제명시키세요. 그가 저지른 비리에 대해 소상히 적어서 다른 표국들에도 돌리 시구요. 이 바닥에서 다시는 발붙이지 못하도록 처리해 주 세요. 물론 그동안 비리로 축적한 모든 가산도 전부 다 몰수하시구요."

"예. 이런 일이 다시는 발생하지 않도록 철저하게 처리하겠습니다."

"그리고 장 표두 말씀인데요."

"장 표두에게까지 책임을 물으실 생각이십니까?"

"예. 그럴 생각이에요."

"하나 장 표두의 죄라고 하면 그의 처남을 제대로 단속 못했다는 것과 삼전표랑에게 무례를 범했다는 것 정도일 텐데, 그 대가는 이미 충분히 치른 것이 아니겠습니까?"

앞으로 반년은 병석에서 보내야 하는 상태였다.

그 정도면 죗값으로는 충분했다.

"그래도 장 표두를 더 이상 우리 표국에 둘 수는 없어요."

루하를 향한 한 가닥 끈.

버릴 수 없는 희망.

나중을 위해서라도 방해가 되는 요소는 철저히 배제하겠다는 것이 그녀의 결심이었고 각오였다.

그런 도하연의 마음을 알지 못하는 이지상은 그저 장량이라는 뛰어난 인재가 아까웠다.

"장 표두를 따르는 표사들이 많습니다. 여기서 더 죄를 묻는다면 분명 적잖은 반발이 있을 것입니다. 그런 분란을

감수하면서까지 굳이 장 표두의 책임을 물을 필요가 있는
지……."

"그러니까 총표두님께서 표사들의 반발이 없도록 일을
잘 처리해 주세요."

도하연의 말인즉슨 공작을 하라는 뜻이다.

내쳐야 할 표사가 있을 때, 합당한 명분을 만들어 조용히
내보내는 것도 총표두의 맡은바 소임이었다.

그제야 도하연의 뜻이 확고하다는 것을 깨달은 이지상이
잠시 도하연의 눈을 마주하다가 이내 무겁게 고개를 끄덕
였다.

"마대웅이란 자를 좀 더 추궁해 보겠습니다."

그런 자가 쟁자수들한테만 손을 댔을 리가 없다. 분명 장
량의 이름을 내세워 딴 짓을 하고 있었을 것이고, 그 부분
을 파고들면 장량을 엮을 수 있을 것이다.

그리고 그 정도에 따라 마대웅뿐만이 아니라 어쩌면 장
량도 다시는 이 바닥에 발을 못 붙이게 될 수도 있었다.

'하긴, 억울해할 일도 아니지. 무림에서 사람을 알아보
지 못한 죄만큼 크고 무거운 죄도 없으니까.'

그 죗값을 목숨으로 치르게 되지 않은 것만으로도 장량
은 운이 좋다 할 수 있을 것이다.

이지상이 그렇게 명을 받고 나가자 도하연은 다시 혼자

만의 생각에 잠겨 들었다.

　루하가 던져 주고 간 화두.

　　'적어도 표사로서 삼원표국과 마주할 일은 없을 거

　라는 거.'

　아직도 그 말이 뇌리에서 떨쳐지지가 않는다.

　'도대체 표사로서 삼원표국과 마주할 일이 없다는 게 무

슨 뜻인 건지…….'

　루하의 의중만 정확히 알 수 있다면 뭔가 실마리를 잡을

수 있을 것도 같은데 마치 꽉 묶인 매듭처럼 좀처럼 그 말

의 의미를 알 수가 없다.

　생각을 하면 할수록, 거기에 매달리면 매달릴수록 풀리

지 않는 수수께끼에 마음만 더 답답해 오는 도하연이다.

　그 알 듯 모를 듯한 수수께끼 풀이에 열을 올리는 것은

비단 도하연만은 아니었다.

　"대체 그게 무슨 말이야? 표사로서 삼원표국과 마주할

일은 없을 거라니?"

　도하연의 방을 나오자마자 설란이 궁금해서 못 참겠다는

듯 급하게 물어 왔다.

"혹시 다 때려치울 생각이야? 이제 이 바닥 뜨게? 어차피 다른 일 찾는 거면…… 그럼 그냥 나랑 같이 의선가로 가면 안 돼? 의선가에도 네가 일할 자리 정도는 있고, 네가 원하기만 하면 여기서 받기로 한 정도는 충분히 맞춰 줄 수 있는데……."

도하연과는 다른 종류의 희망으로 눈을 반짝이는 설란이다.

그런 설란을 보며 루하가 어림도 없다는 듯 콧방귀를 꼈다.

"됐거든? 어떻게 넌 틈만 나면 날 의선가에 못 데려가서 안달이냐? 안 가. 이 바닥 뜰 생각도 없고."

"그럼 표사로서 삼원표국과 마주할 일이 없다는 건 뭔데?"

"뭐긴 뭐야? 말 그대로지. 표사 따윈 되지 않기로 했으니까."

"표사가 되지 않으면? 그럼 뭘 하게? 이 바닥 뜰 생각은 없다며?"

"쟁자수."

"뭐?"

"지금까지 그래 왔던 것처럼 앞으로도 계속 할 거라고. 쟁자수."

설란이 눈살을 찌푸렸다.

"그게 말이 돼? 너처럼 돈 욕심 많고 권력 욕심 많고 자기과시욕 강한 애가 고작 쟁자수나 하겠다고?"

"고작 쟁자수가 아니니까."

"고작 쟁자수가 아니라니?"

"쟁자수가 꼭 표사들 밑에 있으란 법은 없잖아? 쟁자수가 꼭 표사들보다 돈 못 벌란 법도 없잖아? 쟁자수가 꼭 표사들보다 천대받으란 법도 없잖아?"

"그래서?"

"표사들보다 더 높은 쟁자수가 될 거야. 표사들보다 돈 더 잘 버는 쟁자수가 될 거야. 표사들보다 더 존경받는 쟁자수가 될 거야. 세상 모든 사람들이 흠모해 마지않는 그런 쟁자수가 될 거야."

"그게 뭐야? 용의 꼬리보다 뱀의 머리랬다고, 천하제일의 쟁자수라도 되겠다는 거야?"

"천하제일 쟁자수? 오호! 그거 괜찮네. 지금 내 실력이면 천하제일인은 안 돼도 천하제일 쟁자수 정도는 충분히 해먹을 수 있겠는데? 아무리 천하는 넓고 강호에는 숨은 기인이사가 많다지만 그래도 나보다 센 쟁자수는 없을 거 아냐?"

천하제일이라는 단어가 심히 마음에 든다는 듯 연신 유

쾌하게 고개를 주억거리는 루하다.

그런 루하를 보며 설란은 어이없다 못해 황당하다는 표정을 한다.

"지금…… 그냥 농담하는 거지?"

"농담 아닌데?"

"그게 진심이라고? 대체 무슨 수로? 그래 뭐, 천하제일의 쟁자수야 될 수도 있다 쳐. 아니, 네 말대로 너만큼 강한 쟁자수는 아마도 세상에 없을 테니까 쟁자수 중에서만 따지면 이미 천하제일일 수도 있겠지. 그게 무슨 의미가 있는 건지는 모르겠지만 암튼 그렇다 쳐. 근데 뭘 해서 표사보다 더 높고 돈도 더 잘 벌고 존경까지 받는 쟁자수가 될 거라는 거야? 무공이 아무리 강해 봤자 쟁자수는 쟁자순데. 일개 짐꾼한테 누가 그런 대우를 해 줄 것이며 누가 존경씩이나 하겠어?"

"몰라."

"뭐?"

"아까도 말했잖아. 아직은 구체적으로 뭘를 어떻게 하겠다는 계획이 있는 건 아니라고."

"아무 계획도 없이 그냥 쟁자수가 되겠다고?"

"그냥이 아니지. 천하제일의 쟁자수라니까. 표사보다 더 높고 표사보다 돈도 더 잘 벌고 표사보다……."

"아, 됐고. 대체 왜 그래야 하는데? 그냥 표사 해도 표사보다 더 높고 돈도 더 잘 벌고 존경도 더 받을 텐데 굳이 왜 쟁자수여야 하는 건데?"

"소위 표사란 것들이 아주 진절머리가 나니까. 그런 것들이랑 섞여서 뜨거운 동지애를 나눌 걸 생각하면 아주 구역질이 날 지경이니까. 지들이 그토록 무시해 대던 쟁자수로서 그것들을 자근자근 밟아 버리면 십 년 묵은 체증이 싹 다 가실 것 같으니까. 나! 이제 그런 거 할 수 있을 만큼 안전 세잖아!"

삼원표국의 표사들을, 그것도 수십 명을 때려잡고 보니 제대로 기가 살았다.

그런 루하가 설란은 조금 낯설었다.

워낙에 제멋대로인 거야 이미 충분히 겪어서 새삼스럽지도 않지만 이렇게 대책 없이 구는 모습은 처음이었다.

제멋대로 굴어도 거기에는 항상 나름의 계산이 있었고 손해 보는 짓은 절대로 안 하는 성격이었다.

그런데 지금 루하는 좋은 길을 마다하고 궂은 길을 택하겠다는 것이다.

그것도 아무런 계획도 없이.

막무가내로.

이유는 단순했다.

그동안 쌓인 게 많은 것이다.

절대 손해 보는 짓은 하지 않는 성격에 표사라는 좋은 길을 놔두고 쟁자수라는 험한 길을 택할 만큼 표사들에게 맺힌 게 많은 것이다.

'하긴 뭐, 나랑은 상관없는 거니까.'

루하가 앞으로 뭘 하든 상관없다.

자신은 그저 조화지기가 완전해지도록 도와서 동생을 살리기만 하면 그뿐.

그나저나 참 따갑다.

풀어 둔 짐을 챙기기 위해 다시 혜심청으로 향하는 길에는 표사들과 쟁자수들, 그리고 표국의 잡일을 보는 하인들까지 도열하듯 늘어서서 그들을 보고 있었다.

그 시선에는 사뭇 곱지 않은 적의도 있었고 선망과 동경도 있었으며 마치 신기한 동물 보듯 하는 호기심도 있었다.

이런 주목, 불편했다.

하지만 슬쩍 루하를 보니 아니나 다를까 오히려 보란 듯이 고개를 빳빳이 들고는 선망과 동경에는 기분 좋은 미소를 지으며 걸었고 신기해하는 시선에는 당당히 어깨를 폈으며 곱지 않은 적의에는 동네 파락호마냥 건들거리며 더사납고 위협적으로 눈을 부라려 댔다.

그렇게 표국 사람들을 가로질러 혜심청에 당도하고 보니

문 앞에서 무진이 기다리고 있었다.

물론 무진의 시선은 선망과 동경이었다.

그리고 조금 전까지 형님 아우 하며 스스럼없이 대했던 루하가 그토록 흠모하던 삼절표랑이라는 것이 아직도 믿기지 않는다는 표정이었다.

"정말로 삼절표랑이세요?"

그때까지도 이어지던 사람들의 끈질긴 시선을 피해 숙소에 들자 무진이 기다렸다는 듯이 물어왔다.

루하가 히죽 웃었다.

"왜? 소문보다 더 잘생겨서 놀랐어?"

"정말정말 삼절표랑이세요?"

"당연하지. 아까 내 실력 못 봤어? 천하에 삼절표랑 말고 삼원표국의 표사들을 그렇게 때려잡을 수 있는 쟁자수가 있을 리가 없잖아."

루하가 짐짓 아까의 싸움을 떠올리며 목검을 휘두르는 시늉을 하자 무진의 눈동자는 선망과 동경을 넘어 흠모와 존경으로 반짝반짝거렸다.

"근데 정말로 쟁자수 출신이에요?"

"정말로 쟁자수 출신이 아니면? 그럼 가짜로 쟁자수 출신이겠냐?"

"그치만 소문에는 북해빙궁의 고수라고도 하고 구대문

파의 제자라고도 하고…….”

“북해빙궁? 구대문파? 개뿔. 그딴 건 구경도 못 해 봤거든? 나 쟁자수 출신 맞아. 아니, 지금도 쟁자수고 앞으로도 쟁자수야.”

“근데 어떻게 그렇게 강해요? 쟁자수가 어떻게 그렇게 강할 수가 있어요? 저도 그럼…… 열심히 무술을 배우면 언젠가는 소협처럼 표사들보다도 더 강해질 수 있어요?”

존경과 흠모로 반짝이던 눈이 그 순간 어떤 기대와 열망으로 강렬해졌다.

거기에는 지금까지 보지 못한 울분이 있었다.

‘하긴, 마냥 밝을 리가 없겠지.’

천성이 아무리 밝아도 그래 봤자 쟁자수다.

도하연의 배려로 부친을 대신해 쟁자수가 되었다지만 그래 봤자 멸시와 천대의 대물림일 뿐이다.

그 어린 마음에 품은 한이 왜 없겠는가.

루하를 보며 품은 희망이 왜 절박하지 않겠는가.

그러나 이 가여운 어린양의 희망을 루하는 간단히 밟아 버렸다.

“안 돼.”

“왜요? 소협도 쟁자수 출신이라면서요? 근데 저는 왜 안 돼요? 저도 열심히 노력하면…….”

"그래도 안 돼. 쟁자수 주제에 표사보다 강해진다는 게 말이 돼? 너도 쟁자수로 그만큼 굴러먹었으면 출신이라는 거, 그게 얼마나 엿 같고 지랄 맞은 건지 잘 알 거 아냐? 노력만 하면 된다고? 그 노력을 표사들은 안 해? 걔들은 그냥 허구한 날 술이나 퍼먹고 자빠져 자는 줄 알아? 도적들과의 전투에서 살아남기 위해, 표사는 표두로, 표두는 수석표두로, 수석 표두는 총표두로 올라서기 위해 그 재수 없는 인간들이 안 보이는 데서 얼마나 치열하게 노력하는 즐 알기나 해? 좋은 재능을 타고 나서 좋은 무도관에서 제대로배운 자들이 그렇게 노력까지 아끼지 않는데 가진 것 없고 배운 것 없는 네 녀석이 무슨 수로 그런 인간들을 이겨?"

"그래도…… 그래도 소협은 이겼잖아요? 표두님들이랑 표사님들의 합공도 간단히 물리쳤잖아요?"

"그야 난 특별하니까."

"……."

"내가 쟁자수여서 강한 게 아니라 난 원래가 특별하니까 강한 거야. 쟁자수 아니라 하다 못해 비럭질 하는 거렁뱅이 중에서도 특별한 놈은 나올 수 있는 거니까. 근데 넌 네가 특별하다고 생각해? 내가 보기엔 전혀 아니거든? 그러니까 괜한 헛꿈 꾸지 말고 일찌감치 꿈 깨."

지나치다 싶을 만큼 가감 없는 직설에 분한지 무진의 눈

자위가 빨갛게 충혈되어 있었다.

당장이라도 눈물을 흘릴 것 같은데 이를 악물어 참아 낸다.

저 기분 누구보다도 잘 안다.

그저 쟁자수라는 이유로 무시당하며 절망했던, 그리고 좌절하고 분노했던 지난날의 자신의 모습이 딱 저것과 같았다.

하지만 루하는 그 이상 무진에게는 눈길 한 번 주지 않은 채 짐을 챙겨 들고는 혜심청을 나섰다.

설란이 따라 나오며 핀잔을 준다.

"어린애한테 꼭 그렇게까지 말해야 해? 이왕이면 좋게좋게 말할 수도 있잖아. 그것도 다 너 동경해서 그런 건데."

"나도 내 열렬한 추종자 하나를 잃게 돼서 무지 울적하거든? 그치만 안 되는 건 안 되는 거지. 이 빌어먹을 세상에서 못 가진 것들이 꾸는 꿈은 그 자체로 악몽이고 못 가진 것들이 품는 희망은 그 자체로 절망이니까. 나처럼 기연이라도 얻는다면 모를까, 그게 헛된 꿈이라면 일찌감치 접게 하는 게 저 녀석을 위해서도 좋아."

第九章

제갈세가의 의뢰

　죽마고우인 두 사내가 황촌객잔에서 술잔을 주고받으며 이젠 어디서나 들을 수 있는 흔하디흔한 이야기로 열을 올리고 있었다.

　"자네 그 얘기 들었지?"

　"그 얘기라니?"

　"삼절표랑 말일세. 단신으로 삼원표국에 쳐들어가 삼원표국의 표사들을 아주 묵사발을 만들어 놓았다는 얘기 말이야."

　"뭐, 그야 나도 듣는 귀가 있는데……."

　"거 보라고! 내가 뭐랬는가? 홍염마수를 죽인 게 결코 우연일 리가 없다고 했지? 삼원표국이라면 이곳 산서에선 어지간한 명문무가도 한 수 접어주고 갈 정도로 위세가 대단한 곳인데 그런 곳을 혼자서 발칵 뒤집어엎었을 정도면 이젠 자네도 인정하지 않고는 못 배길걸?"

"내가 언제 뭐랬나?"

"뭐랬냐니? 그깟 이름도 없는 애송이가 홍염마수를 실력으로 이겼을 리가 없다며? 어디까지나 홍염마수가 방심을 한 탓일 거라며?"

"그야 그럴 가능성도 있다는 거였지."

"하! 내가 삼봉오룡에 필적하는 신진고수의 탄생이라 할 때는 아주 핏대를 세워 놓고…… 그때는 아주 날 잡아먹을 듯이 굴어 놓고, 거참, 말 한번 쉽게도 바꾸는구만. 자네 일구이언이면 이부지자라는 말은 들어봤나?"

"그러니까 내가 한 입으로 두 말을 한 게 아니라니까. 어디까지나 그럴 수도 있다는 가능성을 언급한 거였지. 뭐, 이젠 그 가능성이란 건 언급할 가치도 없게 되어 버렸지만."

"그렇지! 이젠 그 누구도 삼절표랑의 실력을 인정하지 않을 수 없지. 자네처럼 삼절표랑을 무시했던 사람들도 이젠 죄다 꿀 먹은 벙어리 신세일걸?"

"나야 삼절표랑을 무시한 건 아니지만, 삼절표랑을 무

시했던 사람들은 자네 말대로 지금쯤 꿀 먹은 벙어리가 되어 있겠지. 삼원표국의 표사라면 하나하나가 다른 표국에선 표두 한 자리씩은 충분히 차지하고도 남을 실력이라던데 그런 자들이 떼로 덤볐는데도 삼절표랑 하나를 당해 내지 못했다면 삼절표랑의 실력이야 충분히 입증이 된 것이니까."

"그럼 이제 삼봉에 육룡이 되는 건가?"

"아니지. 듣자 하니 삼절표랑을 합공한 표사의 수가 서른 명이 넘었다더구만. 그중 태반이 지금 의원 신세를 지고 있고. 표두 하나는 아주 반병신이 되다시피 했다던데. 더 놀라운 건 달랑 목검 한 자루로 그리 만들었다는 거야. 목검이 아니라 진검이었다면 모조리 도륙이 났을 거라는 거지. 그러니 삼절표랑을 삼봉오룡과 한데 묶는 건 오히려 삼절표랑에 대한 모독일 수 있지. 아무리 삼봉오룡이라도 삼원표국의 표사 서른 명을 목검 한 자루로 상대할 수는 없을 테니까 말이야."

"전에는 그리도 무시하더니 자네 이젠 아주 삼절표랑 추종자가 다 됐구만."

"어디 자네에게 비하겠는가마는, 이왕이면 삼절표랑에게 더 마음이 가는 건 인지상정이지. 삼봉오룡이야 날 때부터 좋은 가문 좋은 문파에서 나서 좋은 것만 먹고 좋은 것만 배운 놈들이지만 삼절표랑은 우리와 별반 다를 바 없는 쟁자수라지 않는가? 삼원표국에도 쟁자수로 들어갔다가 그런 사달이 벌어졌다고 하던데?"

"자네처럼 의심 많은 사람이 그걸 믿나? 아무렴 그런 고수가 쟁자수일 리가 없잖은가? 소문대로 구대문파나 어디 명문가의 제자쯤은 되겠지."

그때 그들 두 죽마고우의 대화 사이를 웬 낯선 소년 하나가 불쑥 끼어들었다.

"쟁자수 맞는데요?"

"음?"

"삼절표랑 개, 쟁자수 맞다고요. 그리고 개랑 싸운 삼원표국의 표사는 서른 명이 아니라 정확히 예순한 명이었구요. 표두도 네 명이나 있었죠."

"그걸 네가 어떻게 아는 게냐?"

"그야 저도 거기에 있었으니까요."

"뭐? 그게 정말이냐? 어떻게?"

"예. 정말이죠, 그럼. 저도 쟁자수니까요. 그 사건에 대해서만큼은 천하에 저보다 잘 알고 있는 사람도 없을걸요?"

"하면 정말로 삼절표랑의 실력을 직접 봤단 말이냐? 그래, 어떻더냐? 소문대로 정말 그렇게나 강하더냐?"

"당연하죠. 그 많은 삼원표국의 표사들이 떼거리로 덤볐는데도 힘 한 번 제대로 써 보지 못하고 매타작을 당했을 정도니까요."

"역시! 강호에 제대로 된 신진고수가 등장한 것이야!"

"한데, 정말로 삼절표랑이 쟁자수인 것이냐?"

"예. 쟁자수 맞아요."

"네가 아무리 그 자리에 있었다고 해도 삼절표랑의 출신까지 무슨 수로 안다는 게냐? 소문대로라면 신분을 숨기고 있는 것일 수도 있지 않느냐?"

"아, 글쎄 쟁자수 맞다니까요. 숨긴 신분도 없고 출신도 없어요."

"그러니까 그걸 네가 어떻게 아냐고."

"그야 제가 바로 그 삼절표랑이니까요."

"뭐?"

"제가 바로 그 유명한 삼절표랑 정루하라구요."

소년의 말에 두 죽마고우가 순간 어리둥절한 표정을 한다.

하지만 그것도 잠시, 누가 먼저랄 것도 없이 대소를 터트린다.

"우와! 나 완전 깜짝 놀랐어! 진지한 얼굴로 그런 개뻥을 치니까 진짜로 삼절표랑인가 했다니까! 푸하하하하하하!"

"푸하하하하하하하하! 그러게나 말이야. 이놈 이거 정말 웃긴 놈일세!"

소년도 따라 웃었다.

"하하하하. 제가 웃긴 놈이라는 소리 좀 자주 듣는 편이긴 하죠. 그래도 저 정말 삼절표랑 맞아요."

"푸하하하하하하! 이놈아! 네가 삼절표랑이면 나는 정도십이천의 무당검선(武當劍仙)이야!"

"난 그럼 권왕(拳王) 진천(振天)으로 하지!"

"그럼 정도십이천과 삼절표랑이 만났으니 제대로 대작 한 판 해야겠는데? 그래. 삼절표랑께선 술은 좀 할 줄 아시나?"

"아직 술맛은 잘 모르구요. 대신 안주빨 좀 세워도 되죠?"

"하하하하! 그러시게나. 대신 삼원표국에서의 무용담을 한번 제대로 들려 주셔야 할 것이네."

"물론이죠. 그렇잖아도 소문이 너무 부족한 감이 있어서 지금까지 입이 무지 근질근질했거든요. 기대들 하세요. 나 삼절표랑 정루하의 무용담은 지금까지 들으셨던 그 어떤 영웅담보다 맛깔나고 재밌는 이야기가 될 테니까."

"하아……."

옆 자리에서 시끌벅적 떠들어대는 소리를 들으며 설란은 그저 한숨만 푹 내쉬었다.

저기에 끼어서 어김없이 '안주빨'을 세우며 삼절표랑의 무용담을 늘어놓는 소년.

루하다.

자신의 이야기를 뻔뻔스럽게 주워듣는 것으로도 모자라서 이젠 아예 저렇게 이야기판에 껴서는 자신의 입으로 자신의 얼굴에 금칠을 해 대다.

'하긴, 그 성격에 오래도 참았지.'

소문이란 건 더해지고 과장되기 마련인데, 유독 삼원표국에서의 일은 축소되어 전해졌다.

그만큼 삼원표국에서 입단속을 철저히 하고 있다는 뜻이기도 할 테지만 무엇보다 이곳 태원에서 삼원표국의 입지가 그만큼 높고 크기 때문이었다.

삼원표국의 전력 절반이 삼절표랑 하나에게 매타작을 당했다는 것은 태원부에 뿌리를 내리고 살아온 사람들에겐 이성적 논리는 물론이고 심리적 한계선마저 넘어서 버린 이야기였다.

그리해 축소되고 왜곡되어 전해지고 있었다.

그것이 내내 불만이었던 루하가 결국 참다못하고 두 죽마고우의 대화에 끼어들어 지금 저렇듯 부끄러운 줄도 모르고 자화자찬에 여념이 없는 것이다.

'그렇다곤 해도 이젠 정말 무림에서의 입지가 확고해졌네.'

홍염마수를 죽인 것으로 삼절표랑이 탄생되었다면 삼원표국에서의 사건으로 이제 정루하라는 이름 석 자는 무림인들의 뇌리에 아주 깊고 선명하게, 그리고 단단하게 각인되었을 것이다.

'처음 만났을 때만 해도 기연을 얻고도 '그게 기연인 줄도 몰랐던 얼뜨기 쟁자수였는데…….'

아마 이런 걸 두고 격세지감이라 하나 보다.

그 격세지감이 조금 감동스럽고 뿌듯하기도 하면서도 그녀의 손이 닿지 않는 곳으로 성큼 멀어지는 듯한 느낌에 왠지 모르게 씁쓸한 기분도 들었다.

그나저나 참 죽이 잘 맞다.

자칭 무당검선과 권왕 진천, 자칭 타칭 삼절표랑은 마치 십 년을 사귄 벗처럼 친해져서는 이젠 아주 스스럼없이 형님 아우까지 해 댄다.

'이러다 도원결의라도 맺겠네.'

아무래도 간단히 끝날 자리는 아닌 것 같았다.

루하도 루하지만 두 죽마고우의 이야기보따리도 만만한 것이 아니어서 그들의 대화는 잠시의 끊김도 없이 꼬리에

꼬리를 물고 이어지고 있었다.

'이가서점(李家書店)에나 다녀올까?'

이가서점은 산서에서 가장 유명한 고서점이었다.

마침 근처에 있어 그렇잖아도 내일 길을 나서는 길에 그곳부터 들러서 희귀 의서라도 한번 찾아볼까 했던 참이었다.

생각이 미치자 마음이 동했다.

설란은 망설이지 않고 자리에서 일어섰다.

"나 잠깐 나갔다 올게."

"어? 어딜?"

"그냥 책 좀 사러."

"무슨 책?"

"무슨 책이라고 하면 네가 아니?"

"하긴 그러네. 알았어. 얼른 갔다 와."

대꾸는 해주고 있지만 참 건성건성이다. 아니, 오히려 귀찮다는 듯 손을 휘휘 내젓기까지 한다. 그 모습에선 얼른 가 줬으면 하는 마음이 고스란히 느껴졌다.

그 속마음이야 뻔했다.

얼뜨기 쟁자수 때의 모습까지 훤히 알고 있는 설란이다.

아무리 얼굴에 철판을 깔았다고 해도 그런 설란이 옆에서 듣고 있으니 마음껏 허풍을 떨 수도 금칠을 해 댈 수도 없었던 것이다.

'내가 듣고 있는데도 무슨 대협객이라도 되는 듯이 떠들어 댔으니 내가 나가고 나면 아주 정도십이천이랑 맞짱이라도 뜨고 있겠네.'

그러거나 말거나였다.

정도십이천이랑 맞짱을 뜨든 천상천하유아독존을 하든 자신의 귀에 들어오지만 않으면 손발이 오글거릴 일도, 창피해서 쥐구멍에라도 숨고 싶어질 일도 없다.

그리해 설란은 황급히 황촌객잔을 빠져나갔다.

그녀의 걸음은 곧장 이가서점으로 향했다.

그런데, 그렇게 걷던 끝에 이가서점을 눈앞에 뒀을 때였다.

돌연 걸음을 멈춘 설란의 얼굴이 딱딱하게 굳어졌다.

그녀의 시선이 향한 곳은 이가서점 맞은편의 성심원(聖心院)이라는 작은 의원이었다.

의선가의 분원이다.

천하에 산재해 있는 의선가의 분원만 해도 칠백 개가 넘었다.

발치에 차이는 돌부리만큼이나 많은 것이 의선가의 분원인 만큼 이곳에 그녀가 모르는 의선가의 분원이 있다고 해도 그리 새삼스러워 할 일은 아니었다.

그녀가 걸음을 멈춘 것은 의선가의 분원임을 뜻하는 표식 아래로 손바닥만 한 붉은색 깃발이 꽂혀 있었기 때문이었다.

그것은 긴급한 일이 발생했을 때 일가혈족들에게 알리는 신호였다.

그리고 현재 외부로 나와 있는 의선가의 일가혈족이라고는 그녀 하나뿐이었다.

즉, 다시 말해 이선가에서 지금 긴급히 그녀를 부르고 있는 것이다.

의선가에서 급히 자신을 불러들일 만큼 긴급한 일이란 것이 대체 뭐란 말인가?

작금의 의선가에서 루하의 옆을 지키며 조화지기를 완성하는 것보다 중한 일이 대체 뭐가 있단 말인가?

'설마…….'

설란의 눈동자가 불안으로 흔들렸다.

'향이에게 무슨 일이 생긴 건…….'

생각은 이내 두려움이 된다.

항상 걱정했던 일.

항상 각오도 하고 있던 일.

"아냐!"

그러나 지금은 아니다.

향이의 곁에는 그녀의 할아버지 성수의선 예운형이 있었다.

예운형이 곁을 지키고 있는데 이렇게 갑작스럽게 그런 변고가 생겼을 리가 없었다.

하지만 부정하면 부정할수록 어쩔 수 없는 불길함이 걷잡을 수 없이 밀려들어 온다.

'아닐 거야! 절대로 그럴 리가 없어!'

설란은 고개를 세차게 흔들어 엄습하는 불길함을 떨쳐 냈다.

그리고 차마 떨어지지 않는 걸음을 내디뎌 성심원의 문을 넘었다.

그것이 무엇이 되었든 직접 확인해 보는 수밖에 없는 것이다.

*   *   *

"의선가로 돌아갔다고요?"

루하가 잔뜩 얼굴을 찌푸렸다.

책을 사러 나갔던 설란은 오지 않고 오십 대의 나이 지긋한 중년인이 찾아와서는 설란이 의선가로 돌아갔다고 한다.

"근데 아저씬 누구신데요?"

"저는 요앞 성심원의 의원입니다. 성심원은 의선가의 분원이고요. 아가씨께서는 본원에서의 급한 연통을 받고 의선가로 돌아가신다며 소협께는 오래 걸리지는 않을 테니 먼저 댁으로 돌아가시라 전해 달라 하셨습니다."

"본원에서의 급한 연통이라는 게 뭔데요? 집에 무슨 일 생겼어요?"

"그건 저도 알지 못합니다. 설혹 안다고 헤도 본원의 일을 제가 함부로 발설할 수도 없는 일이지요."

"끄응……."

'끙' 앓는 소리를 내는 루하의 표정은 심히 못마땅한 기색이었다.

'가면 간다고 말이나 해 주고 갈 것이지 뭐가 그리 급하다고 그걸 사람을 시켜?'

짜증이 치민다.

하지만 그런 한편으로 걱정이 되기도 했다.

'나랑 안 떨어지려고 되도 않는 쟁자수 짓까지 하며 졸졸 쫓아다녀 놓고, 대체 뭔 일이래? 의선가에 정말 무슨 큰일이라도 생긴 건가?'

그 사이 정말 정이라도 깊이 들어 버린 건지 마음 한편이 왠지 허전해 왔다.

이젠 혼자인 게 무척 낯설고 어색해서 돌아가는 길이 너무 지루하고 심심했다.

가는 길목마다 혈교의 혈마동을 누르고 다시 삼절표랑의 무용담이 화제가 되고 있었지만, 이상하게 하나도 재미가 없었다.

'멀기는 뭐가 또 이렇게 먼 거냐고!'

설란과 같이할 때는 삼원표국까지의 길이 전혀 멀다는 생각을 못 했는데 혼자서 그 길을 되돌아가려니 천리만리 막막하다.

'그냥 이참에 의선가에나 한번 가 봐?'

심지어 그런 생각까지 했지만 이내 고개를 저었다.

"아서라. 용왕님한테 자기 간 가져다 바치는 토끼 신세라도 되고 싶은 거냐?"

설란이 인사조차 하지 못한 채 그렇게 급히 돌아가야 했을 정도면 분명 큰일이 벌어졌다는 뜻이고, 그 순간 설란이 그랬듯이 그가 가장 먼저 떠올린 것도 설란의 동생 예천향이었다.

정말로 예천향의 생명이 위급한 지경에 처한 거라면, 괜히 거길 갔다가는 정말로 큰 곤욕을 치르게 될지도 모른다.

그는 여전히 설란은 믿어도 의선가는 믿지 않으니까.

아무튼 그렇게 지루한 여정의 끝에 마침내 정양(定襄)에 당도하고 보니 어쩐 일인지 마을 입구에서 양윤이 서성이고 있었다.

"양씨 아저씨?"

"오! 자네 왔는가?"

"여기서 뭐하세요?"

"뭐하긴! 당연히 자네를 기다리고 있었지!"

"저를요? 제가 오늘 도착할 건 어떻게 아시구요?"

"삼원표국에서 그 난리를 쳤는데 여기라고 소문이 나지 않았겠는가? 지금쯤이면 당도할 때가 되었다 싶었지. 도중에 다른 데로 빠지면 어쩌나 걱정을 했는데 그래도 다행히 늦지는 않았구만."

"늦지 않다뇨? 무슨 일 있어요?"

"어디 무슨 일이 있다뿐이겠는가? 아니, 이렇게 아니라 일단 우리 집으로 가세나. 자세한 이야기는 내 가서 해 주겠네."

"왜 아저씨 집에 가서 해요? 저희 집이 더 가깝잖아요?"

"속 편한 소리 말게나. 자네가 돌아온 걸 알면 만수표국은 물론이고 인근 표국에서도 득달같이들 달려올 것인데, 자네 집에서 제대로 이야기나 나눌 수 있겠는가? 인근 표국 사람들이 자네를 만나려고 벌써 며칠 전부터 객잔이며 주루며 할 것 없이 아주 진을 치고 있는 판국이란 말일세."

도대체 이게 다 무슨 일인가 싶다.

삼원표국에서의 한바탕 드잡이질로 자신의 명성이 조금 더 높아진 거야 알고 있지만 그렇다고 해서 그게 이렇게까지 야단법석할 일은 아니었다. 무엇보다 양윤의 태도만 봐도 그 사이 분명 자신이 알지 못하는 뭔가 다른 사건이 벌어진 것이 틀림없었다.

"자자. 어서 가세나. 괜히 사람들 눈에 띄어 봐야 좋을 게 없다니까."

양윤이 걸음을 재촉했고 루하는 얼떨떨한 기분으로 그 뒤를 따랐다.

"예? 제갈세가에서 표행 의뢰가 들어왔다고요?"

양윤의 집에 도착해 양윤으로부터 듣게 된 첫말이 바로 그거였다.

제갈세가에서 만수표국으로 표행 의뢰가 들어왔다는 것이다.

"제갈세가에서 왜요? 제갈세가쯤 되면 물건 운송 정도야 자기네들이 알아서 해도 될 테고, 굳이 표행을 맡겨야 하는 거라면 얼마든지 크고 좋은 표국이 많은데 왜 하필이면 만수표국에다 의뢰를 해요?"

"만수표국만이 아니네. 산서와 섬서, 산동, 하남, 호북,

안휘까지. 각 지역에서 최고라 손꼽히는 표국에는 죄다 의뢰가 들어갔다고 하더군. 최고의 표국에서 최고의 표사들을 차출할 거라는 거야."

루하는 눈을 동그랗게 떴다.

황당하다 싶을 만큼 어마어마한 규모였다.

표국 하나로 감당할 수 있는 물건이 아닐 경우 두세 곳의 표국에 동시에 의뢰를 넣어 표행을 맡기는 경우가 더러 있다지만 이건 그런 차원이 아니었다.

이건 그야말로 천하 표국을 죄다 고용했다고 해고 과언이 아닐 지경이었다

"대체 무슨 표물을 의뢰하는 거길래 그렇게 거창해요?"

"그게 무슨 물건인지는 나도 알 수가 없네. 워낙에 극비에 붙여진 것이라. 아마도 표행에 참가하는 표국의 표국주들조차 아는 자가 없을 것이네. 하지만 이것 하나만큼은 분명하네. 그 표물이 아주아주 위험한 물건일 거라는 것."

"……."

"듣기로는 이번 표행길은 장북(張北)에서 시작해 팔공산을 넘어 합비의 제갈세가까지 가는 거라고 하더군. 표행이 이렇게 대규모로 진행되는 것도 아마 팔공산을 염려한 때문이겠지. 아무리 녹림칠패 중 둘이나 팔공산에 있다고 하더라도 이 정도 규모라면 그 어떤 녹림채도 감히 욕심을 부

리지 못할 테니까."

"장북에서 시작해 제갈세가까지 가는 거면 굳이 팔공산을 넘지 않아도 되잖아요. 숙주 회남 길을 택하든가, 아니면 좀 돌아가더라도 부양 육안 길을 택하면 편하게 관도로 갈 수 있는데……."

"내가 위험한 물건이라 생각한 것도 그 때문이네. 안휘성 북부 일대는 대부분 남궁세가의 권역이지. 당연히 숙주 회남 길과 부양 육안 길 또한 남궁세가라는 관문을 거쳐야 지날 수 있네."

그건 아무리 같은 육대가문의 하나인 제갈세가라도 예외가 될 수 없다.

"유일하게 남궁세가의 손이 미치지 않는 곳이 바로 팔공산이지. 그러니 제갈세가가 편한 길을 놔두고 험로를 택한 이유가 뭐겠는가? 남궁세가의 눈을 피하기 위함이 아니겠는가? 같은 정파이고 같은 육대가문의 울타리 안에 있는 남궁세가인데 이런 위험을 감수하면서까지 그들의 눈을 피하고자 한다는 건 그만큼 떳떳한 물건은 아니라는 것일 테고. 그래서 표사들 사이에선 이런 말까지 나오고 있다더군."

"무슨 말이요?"

"이번 표행의 표물이 혈교의 혈마동에서 나온 물건일 거라는……."

루하가 화들짝 놀라며 되물었다.

"혈교의 혈마동이요? 그게 정말이에요?"

"어디까지나 표사들 사이에서 짐작으로 떠도는 말일 뿐 확인된 것은 아무것도 없네. 하지만 신빙성이 아예 없는 것도 아닌 것이, 처음 혈교의 혈마동이 나타났다고 했을 때 그걸 찾아낸 게 제갈세가라는 소문이 공공연하게 떠돌기도 했으니까……."

만일 양윤의 말이 맞다면, 그것이 정말로 혈마동에서 나온 물건이라면 양윤의 말대로 위험천만한 물건일 것이 분명했다.

정말이지 이해가 안 된다.

"표물이 뭔지도 모르는 데다 팔공산을 넘어야 할 만큼 위험천만한 일인데, 그런데도 다들 표행 의뢰를 받아들였다고요?"

"나도 자세히는 모르지만 제갈세가에서 도저히 의뢰를 거절할 수 없는 큰돈을 내걸었다고 하더군. 자네도 알겠지만 제갈세가라고 하면 무공은 다소 약하지만 축적된 부는 다른 육대가문을 모두 합친 것보다도 많다고 알려져 있지 않은가? 그런 제갈세가에서 이런 엄청난 일을 벌였을 정도면 거기에 들인 돈이야 더 말해 뭣하겠는가?"

양윤의 말대로 제갈세가는 육대가문 중 무공은 가장 약하지만 뛰어난 머리와 다양한 잡기로 수백 년간 육대가문의 한 자리를 지켜 온 가문이었다.

그 뛰어난 머리와 다양한 잡기로 수백 년간 축적한 부가 오죽하겠는가?

듣기로는 대륙 상권의 절반을 차지하고 있는 현천상단도 제갈세가에는 미치지 못할 거라는 말이 있을 정도였다.

"아무튼 중요한 건 그렇게 제갈세가의 의뢰를 받은 곳이 산서에선 두 곳인데 그중 하나는 당연히 삼원표국이고 나머지 하나는 만수표국이라는 것이네."

그렇잖아도 내내 궁금했던 참이다.

"대체 만수표국이 거길 왜 낀 거래요? 솔직히 그런데 낄 급은 안 되잖아요?"

"그게 다 자네 때문이네."

"저 때문이라구요?"

"만수표국에 의뢰가 들어오긴 했는데 딱 하나 조건이 붙어 있었네."

"······?"

"표행에 참여할 인원을 꾸릴 때 반드시 삼절표랑이 포함되어 있어야 한다는 조건이지. 어쩌면 당연한 일이네. 삼절표랑이 있고 없고의 차이는 그 무게감이 완전히 다르니까.

삼절표랑이 없는 만수표국은 그저 삼류표국에 지나지 않지만 삼절표랑이 있는 만수표국은 단지 그것만으로도 제갈세가의 선택을 받기에 충분한 급이 된다는 말일세."

제갈세가마저도 그 이름을 들어 봤을 만큼 유명세를 타고 있는 루하인 것이다.

"인근 표국에서 이곳으로 급하게 몰려든 것도 다 그 같은 이유에서이네. 제갈세가에서 만수표국을 선택한 것이 순전히 삼절표랑 때문이라면 삼절표랑만 잡으면 만수표국을 밀어내고 그 자리에 자신들이 들어갈 수도 있을 테니까. 다른 곳은 몰라도 한 번씩 자네에게 접근해 본 적이 있는 인근 표국들에선 자네가 아직 만수표국의 사람이 아니란 것을 알고 있는 거지."

"음……."

"그들은 지금 그들 표국의 사활을 자네에게 걸었다고 해도 과언이 아닐 것이네. 그만큼 필사적이네. 그건 단지 돈 때문이 아니라, 감히 우러러볼 수도 없는 육대가문의 표물을 책임진다는 건 그 자체로 천하 무림에 그 이름을 각인시킬 수 있을뿐더러 명실상부 산서 제이의 표국이 되었다는 상징성까지 얻게 되는 것이니까. 실리와 명성, 그리고 입지까지 한 번에 다 얻을 수 있는 절호의 기회라는 말이지. 게다가 이번 삼원표국에서의 일로 자네의 실력에 대한 일말의 의심조차 사라져 버렸으니 그들로서는 망설일 이유가 없는 거야."

대강의 설명을 듣고 난 루하의 눈동자가 빠르게 움직였다.

그의 머리는 그보다 더 빠르게 돌아가고 있었다.

"음…… 그럼 지금 제 몸값이 장난이 아니겠는데요?"

"이르다 뿐인가. 지금 다들 돈을 바리바리 싸들고 자네가 오기만을 기다리고 있네. 아, 그러고 보니 자네 일전에 봉천표국의 길 국주와 만난 적이 있었는가?"

"예. 근데 왜요?"

"그때 혹시 계약서에 은자 일천 냥을 적어서 서명까지 했었나?"

"아!"

그러고 보니 그런 적이 있었다.

"혹시 그게 뭐 문제가 되는 거예요?"

루하가 불안한 표정으로 양윤을 본다.

그도 그럴 것이 봉천표국의 국주 길군평이 거기에 자신의 도장만 찍으면 그는 빼도 박도 못한 채 봉천표국에 발이 묶이게 되는 것이다.

전에야 은자 일천 냥이 무척이나 큰돈이라 장난삼아 질러 버린 것인데, 지금 와서 돌이켜 보면 너무 경솔했다.

몸값이 그때와는 천양지차로 달라진 지금은 그게 오히려 그의 발목을 잡는 족쇄가 될 수도 있는 것이다.

그러나 이어서 나온 양윤의 대답은 정말 천만다행한 것이었다.

"문제가 될 것은 없네. 그날 자네가 돌아가고 자신이 놀림을 당했다는 걸 깨달은 길 국주가 그 계약서를 자기 손으로 박박 찢어 버렸다고 하니 말이네. 그 때문에 지금 아주 속앓이를 제대로 하고 있다고 히디군. 딸랑 은사 전 냥에 자네를 잡을 수 있는 기회였다고 말이네. 그게 지금 자네 몸값이네. 은자 일천 냥을 '딸랑'이라 할 만큼의 몸값이지."

"그래서…… 만수표국의 반응은 어때요?"

"당연히 거기도 발등에 불이 떨어졌지. 내 듣기로는 처음 자네에게 제시한 계약금의 열 배를 준비했다고 하던데……."

처음 제시한 계약금의 열배면 은자 삼천 냥이다.

삼원표국에서 제시한 금액보다도 높다.

이렇게 되고 보니 삼원표국과 틀어진 게 오히려 전화위복이 된 셈이다.

"만일 제가 은자 오천 냥을 요구한다면요? 들어줄까요?"

그는 전날 만수표국과의 첫 번째 협상에 앞서 설란이 했던 말을 아직도 잊지 않고 있었다.

'원래 처음부터 최고를 제시하는 협상은 없으니까. 네가 느끼기에 그게 정말 최고의 대우인 것 같아도 표국주의 의중에는 분명 그 이상의 것이 준비되어 있을 거야.'

만수표국에서 지금 삼천 냥을 생각하고 있다면 분명 그 이상도 가능할 것이다.

아니나 다를까, 양윤의 생각도 다르지 않는 듯했다.

"가능할 것이네. 만수표국의 표국 건물을 팔아서라도 마련해 올 것이네. 장기적으로 봤을 때 이번 일은 그 몇 배의 가치가 있는 일이니까."

"그럼 정식 계약이 아닌 임시 계약이라면요?"

"임시계약?"

"정식으로 표사 계약은 하지 않는 거죠. 어디까지나 이번 표행에 한해서만 만수표국과 같이 한다는 조건인 거죠. 솔직히 저 하루하루 날이 갈수록 더 강해지고 더 유명해질 텐데 한 곳에 몇 년씩 묶이는 건 너무 손해 같거든요."

"그건…… 아무리 그래도 어렵지 않겠나? 단 한 번 표행에 오천 냥을 달라는 건데……."

"어렵긴 하지만 불가능한 건 아닌 것 같은데요?"

"흠……."

바로 반박은 하지 않았지만 심히 부정적인 기색의 양윤이다.

하지만 이미 그렇게 마음을 정해 버린 루하는 거침이 없었다.

"좋아요. 이렇게 하죠. 삼원표국과의 일이 틀어지면서 아저씨한테 약속했던 그곳 서기 일자리도 물거품이 되어 버렸으니까 그 대신으로 제가 아저씨를 고용할게요. 아저씨가 제 대리인으로 협상에 나서 주세요. 물론 조건은 지금 말한 그대로구요. 오천 냥에서 한 푼도 깎아 줄 생각 없어요."

"이보게. 막무가내로 이렇게 밀어붙인다고 안 될 일이 되진 않는다네. 내가 무슨 섭혼술이라도 배운 것도 아닌데 그런 무리한 조건을 어떻게……."

"일 할을 드릴게요."

"……."

"그 조건 그대로 오천 냥을 받아오시면 그 오천 냥에서 아저씨 몫으로 일 할을 드릴게요."

순간 양윤의 눈이 더할 수 없이 부릅떠졌다.

부정적이고 회의적이기만 했던 눈동자가 지금 이 순간 뜨거운 불꽃이 되어 이글이글 타오르고 있었다.

오천 냥의 일 할이면 오백 냥이다.

짧게는 보름, 길게는 한 달이 넘게 표행을 다녀와 봐야 수중에 들어오는 건 고작해야 은자 두 냥도 채 되지 않는데, 이건 입만 잘 놀리면 당장 오늘이라도 간단히 오백 냥을 벌 수 있는 기회인 것이다.

"그래도 힘들겠어요? 그래도 안 된다면 어쩔 수 없구요."

루하의 말에 양윤이 볼 살이 떨어져 나갈 듯이 세차게 고개를 저었다.

"아니네! 할 수 있네! 해 보겠네! 내 반드시 자네 앞에 오천 냥을 가져다 바쳐 보이겠네! 이곳에 모인 다른 표국들을 잘만 이용하면 분명 길을 열 수 있을 것이네!"

양윤의 그 같은 반응이야 이미 훤히 꿰고 있던 루하가 기분 좋게 웃으며 말했다.

"아니, 굳이 오천 냥에 한정 지을 필요는 없을 것 같네요. 받아 낼 수 있는 한 최대한 많이 받아 내세요. 오천 냥을 초과하는 분에 한해서만큼은 일 할이 아니라 이 할로 정산해 드릴 테니까."

양윤이 부푼 희망을 넘어 이젠 아예 감격한 얼굴로 루하를 본다.

그 뜨거운 눈에는 옅은 물기마저 글썽이고 있었다.

그런 양윤의 뜨거운 눈길을 느긋이 즐기던 루하가 문득

생각났다는 듯 한마디를 덧붙였다.

"아, 그리고 조건을 하나 더 붙여야겠네요. 아니, 조건이라기보다는 그냥 전해 주세요. 이번 표행에 참여하게 된다면 그건 어디까지나 표사가 아니라 쟁자수로 참여를 하게 될 거라는 거. 아마도 별문제는 없을 거예요. 어차피 삼절표랑이 같이 가냐 안 가냐가 중요한 거지 삼절표랑이 표사인지 쟁자수인지는 중요한 게 아닐 테니까."

〈다음 권에 계속〉

새빨간 당근 판타지 장편소설

FANTASY STORY & ADVENTURE

붉은여제

dream
books
드림북스

신룡의 주인

『더스크 하울러』,『환수의 주인』의 작가!
태선 판타지 장편소설

알테리온가의 막내아들 샨,
알에서 태어난 특급 용 카이.
평범하지 않은 둘의 좌충우돌 학교생활이 시작된다!

dream
books
드림북스